张华 ◎ 著

独幕剧文本的叙事研究

独幕剧诞生于西方，在西方被称为
"ONE ACT PLAY"
将"act"理解为"动作"。

中国戏剧出版社
CHINA THEATRE RESS

图书在版编目（CIP）数据

独幕剧文本的叙事研究 / 张华著. — 北京：中国戏剧出版社，2020.10
ISBN 978-7-104-05029-2

Ⅰ. ①独… Ⅱ. ①张… Ⅲ. ①独幕剧－剧本－创作方法－研究 Ⅳ. ① I106.3

中国版本图书馆CIP数据核字（2020）第193017号

独幕剧文本的叙事研究

责任编辑：杨　娟　齐　钰
责任印制：冯志强

出版发行：中国戏剧出版社
出 版 人：樊国宾
社　　址：北京市西城区天宁寺前街2号国家音乐产业基地L座
邮　　编：100055
网　　址：www.theatrebook.cn
电　　话：010-63385980（总编室）
传　　真：010-63383910（发行部）

读者服务：010-63381560
邮购地址：北京市西城区天宁寺前街2号国家音乐产业基地L座

印　　刷：鑫海达（天津）印务有限公司
开　　本：787mm×1092mm　1/16
印　　张：13.25
字　　数：167千
版　　次：2020年10月　北京第1版第1次印刷
书　　号：978-7-104-05029-2
定　　价：88.00元

版权专有，违者必究；如有质量问题，请与出版社联系调换。

目 录
Contents

绪 论 ··· 001
 一、选题的缘由 ··· 001
 二、独幕剧的研究现状 ··· 008
 三、理论基础 ·· 019
 四、研究方法和研究范围 ······································· 023

第一章 独幕剧体裁的自觉 ·· 025
 第一节 独幕剧的历史溯源 ······································ 025
  一、世俗小戏 ·· 026
  二、宗教短剧 ·· 027
  三、幕间剧和插曲剧 ·· 027
  四、开场戏和尾戏 ·· 029
 第二节 独幕剧概述 ·· 031
  一、独幕剧体裁自觉前的酝酿 ······························ 031
  二、独幕剧的体裁自觉的契机 ······························ 038
  三、"独幕"形式意义及独幕剧的构造 ··················· 046
  四、独幕剧的发展趋势 ··· 050
 第三节 独幕剧与其他小型戏剧体裁辨析 ················· 051
  一、独幕剧与折子戏 ·· 051

二、独幕剧与戏剧小品 ································· 054

第二章　独幕剧文本"故事"的叙事特征 ················ 059

第一节　故事事件 ······························· 059

一、叙事功能 ································· 060

二、叙事序列 ································· 062

三、叙事事件 ································· 070

第二节　故事实存 ······························· 074

一、人物 ····································· 074

二、环境背景 ································· 085

第三章　独幕剧文本"话语"的叙事特征 ················ 098

第一节　叙述结构 ······························· 098

一、从叙述方式看独幕剧的结构 ················· 099

二、从叙事线索看独幕剧的结构 ················· 109

三、从叙事人物看独幕剧的结构 ················· 120

第二节　叙述时空 ······························· 127

一、交错式时空 ······························· 128

二、写意式时空 ······························· 134

三、"蒙太奇"式时空 ··························· 135

第三节　叙述视角 ······························· 136

一、戏剧中叙述视角的选择 ····················· 137

二、独幕剧叙述视角的选择 ····················· 139

三、同主题多幕剧与独幕剧叙事视角的选择 ······· 142

第四章　西方现代派独幕剧叙事转型的探索 ………………………… 145

第一节　梅特林克"静止戏剧"对叙事形态的探索 …………… 146
一、概述 ………………………………………………………… 146
二、实例分析——《盲人》 …………………………………… 149

第二节　独白型戏剧对叙事形态的探索 ………………………… 153
一、概述 ………………………………………………………… 153
二、实例分析——《早餐之前》 ……………………………… 157

第三节　明暗双重叙事对叙事范式的探索 ……………………… 161
一、概述 ………………………………………………………… 161
二、实例分析——《禁闭》 …………………………………… 166

第四节　环形结构对叙事结构的探索 …………………………… 169
一、概述 ………………………………………………………… 169
二、实例分析——《秃头歌女》 ……………………………… 171

结　语 ……………………………………………………………… 174

参考文献 …………………………………………………………… 179
一、作品选 ……………………………………………………… 179
二、主要著作 …………………………………………………… 180
三、期刊论文 …………………………………………………… 186
四、硕博论文 …………………………………………………… 189

附录　独幕剧叙事研究作品表 …………………………………… 191

后　记 ……………………………………………………………… 203

绪　　论

一、选题的缘由

（一）独幕剧研究的价值

19世纪末是传统戏剧与现代戏剧的分界。在《中国大百科全书·戏剧》的绪论中提道："19世纪末以后，世界戏剧进入了现代和当代阶段，这两个时期的分界可以第二次世界大战为标志，但是，也可以把这个将近一个世纪的戏剧，统称为现代戏剧。"[①] 现代戏剧发生了很大的变化，现代戏剧的演变史首先应该是"艺术创新史"，但是以往人们对现代戏剧的文体形式尚未给予充分的关注。独幕剧作为19世纪末那些寻找新的戏剧出路而锐意探索、创新的现当代诸种戏剧现象类型之一，取得成绩的同时，自然也引起了诸多的看法和争论。独幕剧在其不断的实验中成熟，形成了一种具有巨大影响的现代戏剧类型。正是基于对这个问题的关注，开始关注现代独幕剧。独幕剧"麻雀虽小，五脏俱全"，一向被称为"戏剧中的戏剧"，是戏剧家族中"最要技巧"的文体，同时，独幕剧也被剧作家当作艺术创新的"试验田"。现代戏剧文体创新，大多在独幕剧中率先实施，然后扩展到

---

① 中国大百科全书总编辑委员会《戏剧》编辑委员会，中国大百科全书出版社编辑部编：《中国大百科全书·戏剧》，中国大百科全书出版社1989年版，第7页。

多幕剧中。因此从解剖麻雀入手，可以起到"观一斑，而识全豹"的作用，研究独幕剧能够把握现代戏剧艺术创新的脉动，深入了解现代戏剧艺术创新的整体走向。

独幕剧在百余年间的发展，既有过平淡安静，也有过大红大紫，独幕剧的兴衰在戏剧史的发展进程中留下了深刻的印记，也留下了丰富的言说空间。独幕剧相较于多幕剧，它是一种"轻文体"，也是一种富有"戏剧性"的文体。但是由于篇幅和体量的制约，以及理论发展的滞后性，独幕剧的研究和批评面临着巨大的难题，需要批评者具有较强的审美能力和很大的耐心。正因为此，虽然独幕剧在现代戏剧中占有重要的位置，但是在批评界的研究较为薄弱，从某种程度上说，这造成了对独幕剧体裁形式研究不充分，往深里说，影响了现代戏剧史的整体建构。因此，对独幕剧的深入研究，在更广阔的戏剧史范围内关注研究现代戏剧中的独幕剧，将是我们还原现代戏剧史的一条重要途径。

独幕剧具有鲜明的体裁特征，快捷、短小、敏锐的艺术表现形式，决定了它在戏剧发展进程中的独特作用。首先，独幕剧相较于多幕剧具有体量小的体裁优势，易于探索和实验。在19—20世纪各种文学思潮，文学观念不断更迭的背景下，赋予了其体裁更多的艺术创新的可能，在一定程度上独幕剧起到了"先导性"的作用；其次，独幕剧相较于多幕剧创作周期短，更能及时反映社会生活，并且演出时对于演出空间及道具的要求从"简"，普及度更高，常常成为艺术变革时期和社会转型时期的"轻骑兵"。对独幕剧的研究和扫描将成为我们观察整体戏剧的特殊窗口。

（二）独幕剧文本"叙事研究"价值

20世纪以来，在众多的文艺批评与理论方法中，叙事学已成为一种显学,占有重要的地位。1986年华莱士·马丁曾发出感慨"在过去15年间,叙事理论已经取代小说理论成为文学研究主要关心的论题"[①]。叙事学脱胎于20世纪二三十年代的俄国形式主义,60年代末得以确立,成为一门独立学科,其标志为1969年法国学者托多罗夫在《〈十日谈〉语法》一文中正式提出"叙事学"这一术语。叙事学研究是以叙事作品为根本的出发点,通过叙事作品挖掘总结叙事作品自身的规律,而非归纳外在于叙事作品的规律。叙事文本是叙事学研究的内容,目的是探究叙事本身的内在规律性。叙事学以文学的叙事性为研究对象,不单是小说具有,一切的叙事艺术如戏剧、电影、电视等同样也具备叙述性的艺术品格,只是不同的叙事艺术运用各不相同的叙事方式,小说主要用文字来叙述事件;戏剧是综合表演与对白来完成事件叙述。戏剧具有超强的综合性,运用各种表现形式,最终呈现在舞台上是一个"完整的、有一定长度的动作",显然就是多种叙事手段的"井然有序的混合体"。戏剧作为一种叙事性艺术形式,在形式与内容上运用独特的"叙述语汇",表现"叙述"和"被叙述"的关系,所以运用叙事学这门具有工具性的学科来分析戏剧是可行的。

自叙事学确立以来的半个世纪,西方的研究者取得了许多重要的研究成果,具有代表性的有苏联普洛普的《故事形态学》、法国热拉尔·热奈特的《叙事话语·新叙事话语》、美国韦恩·布斯的《小说修辞学》、荷兰米克·巴尔的《叙述学:叙事理论导论》、法国托多罗夫的《〈十日谈〉语法》《文学和意义》《什么是结构主义》等。然而,由于叙事研究长期以神话、民间故事、小说作为研究范畴,束缚与影响了其纵深发展。到了20世

[①] [美]华莱士·马丁:《当代叙事学》,伍晓明译,北京大学出版社2005年版,第1页。

纪80年代美国华莱士·马丁的《当代叙事学》出版后，越来越多的西方学者开始普遍认同叙事性乃是与小说同属叙事文类的戏剧、影视等所共同具备的艺术品格，并努力追求叙事学的多元化发展。从此，戏剧领域内的叙事性问题，被纳入叙事学研究对象的视野与范畴。总体而言，国外戏剧叙事学方面的研究相比于神话学、民间故事、小说方面取得的显赫成果，更显出某种寂寥与滞后。1951年法国苏里奥的《20万例戏剧情境》、1976年T.帕维尔的《高乃依悲剧的叙述语法》问世，算得上屈指可数的戏剧叙事学论著。

叙事学传入中国以后，出现了多部理论专著，研究叙事学理论的有，张寅德编选的《叙事学研究》、谭君强的《叙事理论与审美文化》、申丹的《叙事学与小说文体学研究》、罗钢的《叙事学导论》、胡亚敏的《叙事学》等。伴随着叙事学研究领域的不断拓宽与延伸，人们越来越清晰地意识到：戏剧艺术并非纯粹的代言体，难以避免地兼容"叙事体"。这是戏剧作为综合性艺术的表征之一，"叙事性"问题不仅与戏剧艺术密切相关，甚至堪称戏剧艺术亟待挖掘且大有可为的一个研究领域与学术空间。于是不少学者对戏剧中的叙事性予以关注与探讨，认为"戏剧性因素不是构成戏剧作品的唯一元素，构成戏剧作品艺术生命力的元素是多方面的，其中戏剧性因素和叙事性因素是最主要的元素。叙事性因素虽然在戏剧理论研究中常常被忽视，但是在戏剧创作实践中却发挥着它极大的功能，因此戏剧理论也应对此进行研究"。[①] 戏剧叙述作为一个特定的概念，不仅在舞台上有了广泛的使用，而且在戏剧专著、论文中出现的频率大大增加。我国最早的戏剧叙述的研究是1988年林克欢发表在《剧本》月刊第6—9期上的系列论

[①] 孙洁：《试论戏剧中的叙事性因素》，《戏剧》1998年第1期。

文《戏剧的叙述结构》，他的论文由故事框架与叙述模式、叙述者、"不连续"的连续、多声部与复调四个部分所组成。这几篇论文的突出贡献在于突破了国内戏剧研究局限于布莱希特叙述体戏剧研究的传统思路，戏剧研究方法上具有的独特性，叙事学的研究视野进一步拓宽，运用了叙述模式、叙述时间与故事时间、叙述者、叙述视点等概念。随后，戏剧叙事成为一项专门的研究方向，取得了一定程度的发展，重要的专著有：1993年周宁《比较戏剧学——中西戏剧话语模式研究》针对叙述与对话（即代言）之于中西戏剧不同话语模式的比较，涉及戏剧艺术的代言体与叙述体、戏剧中的叙事性问题。河南师范学院苏永旭组织了《戏剧叙事学》课题项目，进行戏剧叙事研究，撰写了部分相关论文，于2004年出版了《戏剧叙事学研究》。2007年孟昭毅、季羡林编著的《东方文化集成：印象——东方戏剧叙事》，主要研究东方戏剧叙事问题，认为叙事不仅是一种文学技巧，叙事性实际存在于一切叙事文学的本体之内。戏剧艺术的叙事学更注重表演过程中的叙事性，而不是叙述故事过程中的叙事性。从文本、表演和舞台三个角度入手，东方戏剧叙事包括文本叙事、表演叙事和舞台叙事。2014年胡健生《元杂剧与古希腊戏剧叙事技巧比较研究》，从中西方古典戏剧互为参照的宏阔视野出发，运用比较对照的研究方法，选取元杂剧与古希腊戏剧为具体研究对象，从"停叙""幕后戏""预叙""发现"与"突转"几个论题切入，以解读大量戏剧文本为依据，尝试就元杂剧与古希腊戏剧叙事技巧展开专题性的比较研究。2015年叶志良《跨界叙事：戏剧与影视的文化阐释》，运用跨界叙事理论，在跨文体、跨时代、跨国界三个维度上，立足本土，放眼全球，穿透古今，打通文体，对戏剧、戏曲、电影、电视等做了较为细致的史论式理论阐述和翔实的文本分析。2017年卫岭《奥尼尔戏剧的文化叙事》，从文化叙事的视角出发，通过种族、身份、性别、宗教等不同层面对美国剧作家尤金·奥尼尔戏剧的文化内涵进行了研究,并从源头上探讨奥尼尔戏剧创作的根本动因,旨在说明爱尔兰移民后裔异质文化的无归属感如何使得奥尼尔不断通过戏剧创作的方式探寻文化身份,昭示人的生存困境。2017年冉东平《西方现代戏剧叙事转型研究》,研究了西方现代戏剧叙事范式呈现出多元化发展态势。戏剧功能,如戏剧视角、戏剧语言、戏剧节奏、戏剧时空、戏剧结构等积极参与戏剧的叙事活动,并发挥功能性作用,使西方现代戏剧呈现出立体的、动态的、开放的发展态势和象征性、写意性、符号性的叙事特点。叙事范式的转变使西方现代戏剧的叙事形态应运而生,具有动态性、整体性、观念性的特点。在现代戏剧叙事转型的过程中,静止戏剧、悲喜剧、境遇剧、狂欢化戏剧、叙事体戏剧、独白型戏剧、文献戏剧等开始形成,它们不仅仅是戏剧的物质形态也是剧作家和舞台导演的精神形态。

戏剧叙述的重要论文有:1998年丁罗男的《中国话剧文体的嬗变及其文化意味》在研究对象上偏重于文本。从戏剧文体的角度对中国话剧自文明戏以来的叙述形式演变,做了深入而严谨的梳理,其中还阐述了文明戏这种形式是非自觉的中西结合式叙述形式。2001年张先的《场与流——关于戏剧的叙事性问题》在研究对象上偏重于舞台演出。从戏剧演出的媒介特性出发,论述了戏剧叙事中时空转换在形态上的独特性质。2011年汤逸佩《戏剧叙事空间的双重维度》,阐述了戏剧在时间维度上具有的双重性,使得戏剧可以像小说、电影一样,在一个时间内创造出另外一个时间。2014年谭君强《"三一律"的时间整一与戏剧叙事》中提出时间整一虽然束缚创作的形式,但在戏剧创作中也不无积极的作用,关键在于是否合理地运用。2016年汤逸佩发表《试论戏剧叙事中核心情境的建构》《试论戏剧叙事中的辅助性情境》《试论戏剧情境的呈现及其技巧》3篇论文,主要论述了情境对人物及其行动有重要的制约和推动作用，戏剧情境是构成故事的基本要素，属于叙述的对象。影响和推动核心发生的情境就是核心情境，现场性是戏剧情境的一个重要特征，叙事学的戏剧情境理论既是一种戏剧创作理论，也是一种研究方法论。紧接着在 2017 年汤逸佩又发表《戏剧叙事中事件的性质及其功能》一文，提出事件意味着一种状态到另一种状态的变化。在戏剧中，事件可以承担核心与辅助，原因与结果，行动与标志等多种叙事功能。

进入 21 世纪，在硕博论文中关于叙事学的选题日益增多。一类是 2003 年上海戏剧学院汤逸佩硕士论文《叙事者的出场——中国当代话剧舞台叙事形式的演变》；2004 年福建师范大学卜兴建硕士论文《20 世纪 80 年代中国探索话剧的叙事研究》；2007 年华中科技大学何宇宏博士论文《曹禺戏剧文体话语研究》；2008 年苏州大学刘志宏博士论文《明清传奇叙事艺术研究》；2012 年云南大学吴禹春硕士论文《布依戏戏剧叙事探析》；2013 年南昌航空大学陈美娟硕士论文《阿尔比戏剧文本中的叙事视角研究》；2013 年河北师范大学万春怡硕士论文《曹禺话剧的叙事模式》；2015 年山西大学陈小清硕士论文《元散曲的叙事形态研究》；2015 年南京大学何萃博士论文《中国古典戏剧叙事研究》；2015 年陕西师范大学贾红分硕士论文《孟京辉戏剧作品中的反现代性叙事研究》；2016 年云南艺术学院赵凯翔硕士论文《多媒体开掘戏剧新叙事的可能——在〈他她〉剧本创作中的探索》等，这些论文都是运用叙事学的视角对某一具体戏剧进行研究。还有一类是 2015 年山西师范大学张颖博士论文《戏剧与影视空间叙事比较研究》；2017 年山西师范大学肖俏博士论文《戏剧受叙者研究》；山西师范大学刘二永博士论文《中国古典剧论中的叙事理论研究》；2018 年山西师范大学李霞博士论文《戏剧叙事节奏研究》等系列论文，这些论文尝试对戏剧叙事学某一具体问题进行理论建构。

综上所述,虽然戏剧叙事已成为专门的研究方向,戏剧叙事作为一种观念无论在理论上还是实践上都已经基本确立,但是戏剧叙事学的理论体系尚未完整构建,戏剧整体叙事研究缺乏基础理论支持的问题也日益明显。选取独幕剧作为研究对象,运用叙事学的研究方法,不但希望能够能弥补独幕剧研究的不足,也希望能促进戏剧研究中有关叙事部分研究理论的深化与系统化。

二、独幕剧的研究现状

对于独幕剧的研究,首先有必要梳理一下在现代戏剧中独幕剧所占的比重,考量从"数量"和"质量"两个维度来看独幕剧在现代戏剧中的格局。

从"数量"上看,虽然现代戏剧也就百余年,准确地统计独幕剧的创作数量比较困难,我们可以采用不完全统计的方法获得对独幕剧数量上的整体认识。19世纪末欧洲的小剧场运动,是从1897年法国巴黎自由剧场的演出拉开帷幕的,当天晚上一共演出了4部独幕剧,并获得巨大成功。随后仿照自由剧场,欧洲相继涌现一大批实验性的小型业余剧院、剧场,这些剧院和剧场上演最多的就是独幕剧。由于独幕剧的演出时长短,一次完整的演出需要组合多部独幕剧。美国的小剧场运动开始于1911年,到1925年时全美各地小剧院、小剧场多达1万多家。如美国华盛顿广场剧团创建于1914年,"仅1918年这一年中,他们演出的剧本总计短剧62部,长剧6部"[①]。美国戏剧大师尤金·奥尼尔在1913—1919年的早期创作期间创作了

---

① 汪义群:《奥尼尔研究》,上海外语教育出版社2006年版,第73页。

26部戏剧作品，19部为独幕剧；在30年的创作生涯中，共创作了21部独幕剧和30部多幕剧。从侧面可反映出当时独幕剧创作演出的流行。

在中国，话剧在"五四运动"后兴起。话剧最初是以彻底否定传统戏曲的姿态出现的，缺乏民族传统继承与借鉴，艺术水平处于幼稚的萌芽阶段，此时的话剧多为独幕剧，当时独幕剧的创作数量可谓一枝独秀。据董健先生主编的《中国现代戏剧总目提要》显示，仅20世纪20年代，独幕剧总量就有近千部之多，占据当时戏剧创作的大半江山。中华人民共和国成立后，独幕剧的发展迎来了新的发展机遇。自1953年全国性的刊物《剧本》创刊以来至"文化大革命"前夕的1965年，连续十几年每年都举办独幕剧创作征稿评奖活动，仅从全国优秀独幕剧评奖活动的相关情况就可见一斑。《剧本》月刊几乎每一期都发表若干个优秀独幕剧，并刊有推荐评介文章。"1954年《剧本》月刊编辑部收到应征稿684件，1955年增至1740件，1963年是整个话剧创作的高峰时期，独幕剧应征稿达到了五六千件之多，数量猛增，质量也有了显著的提高。"[①]其中不少是获奖的剧本，在全国各地演出轰动一时，影响深远，如《赵小兰》《妇女代表》《刘莲英》等，连演数百场，被移植改编成几十个地方剧种，翻译成了好几个国家的文字，在国外演出也受到欢迎。

中国的独幕剧剧本有期刊的关注和刊载，如中华人民共和国成立前的《小说月报》《民铎杂志》《中国青年》《戏剧》《新月》《北新》《三民半月刊》《新东方》《东方杂志》《燕京月刊》《南华文艺》《清华周刊》《时事类编》《苏中校刊》《文艺舞台》《剧场艺术》《十日文萃》《大陆》《独幕剧创

---

① 张炯、邓绍基、郎樱：《中国文学通史·第12卷·当代文学》（下），江苏文艺出版2013年版，第394页。

作月刊》《文史杂志》《宇宙风》《文艺杂志》《学习生活》《文艺阵地》《半月戏剧》《文哨》《中国文学》《文潮月刊》《文艺先锋》《剧影春秋》《文艺春秋》等；中华人民共和国成立以后的《人民文学》《群众文艺》《人民戏剧》《翻译》《剧本》《文学》《读书月报》《新观察》《译文》《小剧本》等刊物。还有不少的剧本选，如1991年中国社会科学院文学研究所现代文学研究室编著，人民文学出版社出版的《中国现代独幕话剧选1919—1949》（共3卷），北京大学1979年选编的《独幕剧选》（共2册），解放军文艺丛书编辑部编著的《1956年部队独幕剧选集》，作家出版社出版的《1957年独幕剧选》，广西人民出版社出版的《抗战独幕剧选》，1951年天津市文艺界保卫世界和平反对美帝侵略委员会选编的《抗美援朝独幕剧选》（共3册），1960年中国铁路文艺工作团选编的《铁路工人优秀独幕剧选》等。

并且在中华人民共和国成立后，翻译了大量的外国独幕剧本，其中规模最大的是1981年到1992年施蛰存选编的《外国独幕剧选》（共6册），这套剧本选收录了40多个国家的著名的独幕剧162部，其中既有文学大国如法国、英国、德国等，也有如冰岛、古巴、南非、乌拉圭等小国。剧作家的组成也甚是蔚为大观，既有享有世界声誉的戏剧大家，如契诃夫、泰戈尔、萨特、格莱葛瑞夫人、王尔德、奥尼尔等，也有许多虽剧作家名气不大，但是他们创作的独幕剧作品十分优秀，并且每部剧作前都有剧作家介绍及剧作简评。除了这套独幕剧选外，还有1978年王央乐翻译的《拉丁美洲现代独幕剧选》，1957年辽宁文学出版社出版的《苏联独幕剧选》，1980年中国戏剧家协会湖南分会选编的《外国独幕剧选》等；还有根据剧作家选编的国外的独幕剧选，如1958年俞大缜翻译的《格莱葛瑞夫人独幕剧选》，1948年李健吾译《契诃夫独幕剧集》，此版本于2014年上海译文出版社再版，1954年曹靖华译的《契诃夫独幕剧集》等。

绪 论

从"质量"上评估独幕剧，我们先是对独幕剧的创作"质量"进行一个整体性把握：翻开戏剧史，在独幕剧的创作中，出现了一大批有影响的剧作家，比如《月亮上升的时候》的爱尔兰剧作家格莱葛瑞夫人，《骑马下海的人》的爱尔兰剧作家约翰·沁孤，《十二镑钱的神情》的英国剧作家詹姆斯·马修·巴蕾，《闯入者》和《盲人》的比利时剧作家莫里斯·梅特林克他们都是通过独幕剧的创作而崛起于剧坛的。在中国也同样，不少戏剧家并未因其"小"不屑一顾，相反在独幕剧的领域取得巨大的成就，如丁西林、田汉、谢民、沙叶新等，有这么多著名的剧作家参与独幕剧的创作，也可以从侧面反映出其创作的"质量"。

同时，在戏剧史中独幕剧与多幕剧同样可以成为"经典"流芳后世。戏剧大师莫里哀的《逼婚》《可笑的女才子》是独幕剧，果戈理的《赌棍》可以和他的《钦差大臣》同样不朽，契诃夫在写巨著的同时始终不忘写《蠢货》《求婚》这样的小玩意，瑞典斯特林堡的《朱莉小姐》，法国尤金·尤涅斯库的《椅子》和《秃头歌女》，法国让-保罗·萨特的《禁闭》《恭顺的妓女》，美国尤金·奥尼尔的《早餐之前》，日本菊池宽的《父归》，印度泰戈尔的《齐德拉》，美国爱德华·阿尔比的《动物园的故事》也都是独幕剧。

现在的问题是，我们如何及时、科学的评价它们，并给独幕剧以客观的戏剧史定位，特别是从独幕剧艺术创新角度发掘，总结其艺术经验，这不仅对于独幕剧，而且对整个现代戏剧的研究都是具有十分重要的意义。迄今为止，对独幕剧的研究总的来说还是分散和不足的，长期以来学术界是整体戏剧研究，或是多幕剧的研究，独幕剧只是在多幕剧研究后面的附带说明，缺乏系统和多角度的深入研究。目前，根据对相关研究资料的搜集、分析和整理，已有的独幕剧理论研究主要集中在这几个方面上。

1. 独幕剧的概念

对于独幕剧概念的界定主要表现为对其外在形式特征的约定俗成，从舞台表现形式上看作是不分幕的小型戏剧。《中国大百科全书·戏剧卷》称"指剧情在一幕内完成的小型戏剧，通常只有一个场景，也可以有两个以上的场景"①。"一幕内"完成即在舞台表演中表现为"大幕"只开闭一次。"小型戏剧"表现在舞台演出时长和剧本篇幅两个部分。孟玖先生说"凡是能演一整晚的戏都不是独幕剧"②，孟犁野先生指出"独幕剧的演出时间，一般为半小时到一小时，篇幅在五千字到八千字"③，周镜之先生认为"只要排演时，费去一个多钟头的剧本，都可以称为独幕剧，要费去一晚上时间的工夫所导演的剧本皆不得呼之为独幕剧"④。在孟犁野先生的《独幕剧编剧概论》中写到"贝克特的《动摇》，全剧只演15分钟，被认为是世界上最短的独幕剧"。未来派剧作家康纪罗写的独幕剧《只有一只狗》，全剧只有30个字。相较于多幕剧，独幕剧常常又被称为"小戏""小型话剧"。比如丁楠先生认为"独幕剧目前泛称'小戏'或'小剧'，对独幕剧的狭义理解，即专指小型话剧；广义的解释，应当包括小型戏曲"⑤。持此观点的还有梁秉堃先生"什么是独幕剧？顾名思义，就是一种全部戏剧内容在一幕之内完成的小型戏剧。广义讲除了话剧还包括小型戏曲和歌剧……狭义讲专指小型话剧"。

---

① 中国大百科全书总编辑委员会《戏剧》编辑委员会，中国大百科全书出版社编辑部编：《中国大百科全书·戏剧》，中国大百科全书出版社1989年版，第107页。
② 孟玖：《独幕剧浅说》，《中国文艺》1940年第5期。
③ 孟犁野：《独幕剧编剧概论》，花山文艺出版社1989年版，第132页。
④ 周镜之：《独幕剧研究》，《现代学生》1933年第8期。
⑤ 丁楠：《论独幕剧的艺术特点》，《剧本》1982年第3期。

绪　论

独幕剧诞生于西方，在西方被称为"one act play"，将"act"理解为"动作"。施蛰存先生在《外国独幕剧选·引言》中"'one act play'本义为'一次动作的戏'，剧情复杂的戏，动作会分为几个段落，每一个段落可以在一个不同的地点进行，于是有了拉幕换幕的需要，因此，舞台术语称之为'第一个动作''第二个动作'。独幕剧要求剧情的发展到高潮压缩在一个统一的动作段落之内"[①]。对这种界定持肯定态度的还有陆军先生和孟犁野先生，在他们的专著《编剧理论与技法——从小型戏剧的文本写作切入》和《独幕剧编剧概览》中对此观点直接引用。

2. 独幕剧的特征研究

在一定程度上来说对于独幕剧特征的研究为独幕剧本体性研究起着重要的理论支持。对于独幕剧结构特征的研究有：家坪在《大处着眼，小处着手——浅谈独幕剧结构》中指出独幕剧在结构和取材方面的特点是：提炼、概括思想内容的时候要"大处着眼"，选择事件的时候要"小处着手"。在周端木《论独幕剧》中指出独幕剧的结构布局是开端和结尾都是极短促的，高潮占有最多的时空，甚至超过发展部分。丁楠在《论独幕剧的艺术特点》中指出：而独幕剧大部分是锁闭式结构，这种结构广度较小，深度较大，戏剧总是从危机中开始的，集中紧凑，人物较少。独幕剧的情节线是一线到底，没有副线。

对于独幕剧的戏剧冲突特征的研究有：辛夷《浅谈独幕剧的戏剧冲突》指出造成戏剧冲突要注意：根据主题思想的需要来组织戏剧冲突；从人物性格冲突的危急时刻写起；截取生活的一个横断面，运用铺叙的手法，虚实结合，将彼时彼地的人物纠葛和此时此地的性格冲突融合在一起，映衬

---

① 施蛰存:《外国独幕剧选》(1)，上海文艺出版社1981年版，第2页。

对比，激化为强烈的戏剧冲突；从人物性格出发，围绕一个中心事件，让人物彼此之间发生矛盾纠葛，构成戏剧冲突。杨志琨在《独幕剧戏剧冲突的艺术特征》中指出独幕剧的戏剧冲突具有集中性、尖锐性、复杂性。

对于独幕剧的时间空间特征的研究有：孙祖平在《独幕剧的时间和空间》，指出"舞台行动、时间、空间三者完整一致时，舞台上展现的是名副其实的独幕剧"[①]。并指出独幕剧的时空的三种"二整一律"的变化：行动和时间的整一，剧情发生在一个完整或连续的时间内，行动却属于不同的空间；行动和空间的整一，不同时间的情节发生在同一地点；空间和时间的整一，不一致的是行动自身，一个行动由若干更为简短的小行为构成。

还有一类是对某一时期内独幕剧特征的研究，何吉贤在《"抗战演剧"背景下的独幕剧及其"适用性"》中指出：战争中，原来居住在主要中心城市的文化工作者组成了各种各样的演剧队，奔赴内地和乡村，进行移动演剧宣传。在舞台条件、演职人员、演出目的、观众情况等与都市演出迥异的条件下，短小灵活，创作速度快，演员少，道具简单，演出方便，较为适合移动演出之用，且戏剧冲突相对简单，比较适宜于文化程度不高的乡镇工农观众，于是独幕剧就成为各演剧队演出的主要剧目。方婧在硕士论文《浅析建国后"十七年"的独幕剧创作》中从独幕剧产生的原因、觉醒女性对传统伦理的反拨、讽刺喜剧和其他题材独幕剧4个方面，综合分析"十七年"的独幕剧的创作。

3. 独幕剧的创作论研究

目前对独幕剧研究的专著大多是从创作论的角度研究独幕剧的编剧技巧，对于独幕剧创作方法和技巧的探索是寻求更好的表达思想的手段，代

---

① 孙祖平：《独幕剧的时间和空间》，《戏剧艺术》1988年第4期。

表性的专著有1929年蔡慕晖编著的《独幕剧ABC》；1954年高普编著的《怎样编写独幕剧》；1958年王炼和夏彤编著的《谈谈写独幕剧》；1983年梁秉堃编著的《独幕剧写作漫谈》；1989年孟犁野编著的《独幕剧编剧概论》；2005年陆军编著的《编剧理论与技法——从小型戏剧的文本写作切入》。这些专著对独幕剧编剧的方法和技巧做了详细的论述，从独幕剧的题材选择、情节结构开场、高潮、结尾的写法，人物设置等角度讲述独幕剧剧本的写作技巧。

关于独幕剧创作技巧的研究的论文有吴悦的《论独幕剧的开头方式》，论述了独幕剧的开头如何吸引观众。

4. 独幕剧史学向度上的研究

在戏剧发展史的相关著作中，基本是以多幕剧作为典型作品来进行分析的，涉及独幕剧的相关内容较少，而且过于零散。独幕剧作为一种独特的形态在整个戏剧史中并没有引起足够的重视。目前在史学研究中公认的是将独幕剧划分为三个时期：第一个时期是1885年到1920年，"一般都以俄罗斯作家契诃夫的第一个独幕剧《在公路上》为开始，这个剧本作于1885年。"[①] 中间1914年到1918年为第一次世界大战期间。在欧洲由于战火的影响，独幕剧与其他文艺体裁一样，发展都受到影响。反而在大洋彼岸的美国正是独幕剧盛行的时期。把第一个时期的时间界定到1920年时，因为在第一次世界大战结束后的两年，随着欧洲社会秩序的恢复，新的文学思潮已在酝酿。这一时期独幕剧的题材大多是社会或家庭琐事，男女爱情纠葛，娱乐性故事性较强。第二个时期是1921年到1945年，这期间发生了第二次世界大战，反战的作品增多，具有左翼倾向。第三个时期是1946

---

① 施蛰存：《外国独幕剧选》（1），上海文艺出版社1981年版，第4—5页。

年到1977年，独幕剧这一体裁走向了全球化，在东欧、亚洲、拉丁美洲、非洲都有优秀的作品面世，独幕剧已成为一种重要的体裁样式。

5. 针对具体独幕剧作家、作品的评论及研究

首先，对于独幕剧剧作家研究，主要集中在契诃夫、奥尼尔、梅特林克、丁西林等著名的剧作家，他们都有着长期、丰富的剧本创作，并形成独特的创作风格。

对契诃夫的研究有2010年度国家社科基金项目，董晓的《试论契诃夫两大戏剧体裁之关系》，探析了对独幕剧中人物之间交流的处理方式对多幕剧艺术风格的形成有深刻的影响；多幕剧忧郁氛围的生成与独幕剧所具有的忧郁的美学风格有必然的联系；独幕轻松喜剧所具有的幽默特质深刻影响了多幕剧独特的幽默精神的生成。于利平的《契诃夫独幕剧与多幕剧比较研究探略》，探析了两种体裁在主题内容、戏剧性内涵、风格特征等方面存在诸多不同。就独幕剧体裁研究有孙大满的《契诃夫的独幕剧》，主要介绍了契诃夫在独幕剧体裁上的革新：打破了传统戏剧体裁之间的界限，将人生重大主题写入形式短小的独幕剧，使独幕剧由原来的发笑之余产生思索。李辰民的《关于契诃夫的独幕剧》，介绍了契诃夫剧作中的独幕剧里的独白剧是对契诃夫对驾驭语言的能力锻炼，独幕剧中既有喜剧因素又能揭示社会和人生的深层问题，由短篇小说改编独幕剧看小说家契诃夫和剧作家契诃夫的融合。对奥尼尔的研究有刘海平的《奥尼尔和他的独幕剧创作》从人生经历出发介绍现存的每部独幕剧剧本，及每部作品的艺术特色。上海戏剧学院陈晗硕士学位论文《起点——尤金·奥尼尔早期独幕剧探究》从早期独幕剧的思想内涵、剧作结构、表现手法进行总结奥尼尔早期剧作的艺术特色。若梅在《尤金·奥尼尔的后期独幕剧创作》中通过后期剧作《送冰的人来了》和《休伊》两部作品从思想深度和表现深度上来看奥尼尔

后期的创作。芦红娟在《尤金·奥尼尔独幕剧主题研究》中用早期剧作的英雄主义——理想主义，后期英雄主义——自省精神来解读奥尼尔剧作中的英雄主义。对梅特林克的研究有上海戏剧学院夏爽的硕士学位论文《梅特林克早期戏剧研究》，论文从早期4部多幕剧和4部独幕剧，看梅特林克早期戏剧的创作背景、美学价值和叙事策略。对丁西林的研究有朱庆华的《丁西林早期独幕剧的艺术魅力》，叙述了丁西林早期的独幕剧是一种幽默喜剧，"二元三人"模式、软冲突、"欺骗"手段、"双赢"结局是其显著特点，丁西林追求的是"中和"之美。胡雅婷的《丁西林独幕剧叙事模式探析》从丁西林独幕剧的戏剧结构、情节及语言等方面入手，探析了西林独幕剧的叙事模式。许政的《基于博弈论的丁西林独幕剧情景分析》，从数学科学——博弈论入手，以《酒后》《压迫》《一只马蜂》《瞎了一只眼》为例，探析丁西林独幕剧中科学与文学的有趣结合与互动。刘文辉的《论丁西林独幕剧的"突变"机制及运行轨迹》从"突变"入手研究丁西林独幕剧的审美风格。

其次，独幕剧的解读。具体可分为两个方面，一方面是关于独幕剧文本的解读。第一，在独幕剧文本的选择上主要以戏剧史上讲述较多的作品，对文本的研究主要是传统文学批评方法，此处以爱德华·阿尔比《动物园的故事》举例说明，在知网上关于此剧研究的论文截至2019年3月共71篇，从荒诞性角度进行分析的有42篇；主题分析16篇；人物形象分析3篇；其他的研究方法有接受分析、结构分析、叙事分析以及原型分析等。第二，文本的对比研究，就具有可比性的文本进行对比分析，比如王伟的《解读〈朱莉小姐〉与〈莎乐美〉》，陈向普的《懦弱啊，你的名字就是女人——〈献给艾米丽的玫瑰〉和〈朱莉小姐〉对比研究》，郭海霞的《荒诞世界中的殊途同归——关于〈克拉帕最后的一盘磁带〉与〈动物园的故事〉

的对比研究》，陈晓的《〈荷兰人〉与〈动物园的故事〉之相似性解读》，周华的《比较研究〈秃头歌女〉与〈等待戈多〉》，郑建军的《心灵的孤寂与精神的解放——〈玩偶之家〉与〈秃头歌女〉的女性主义解析》等。第三，运用现当代产生的艺术方法论如女性主义、精神分析、结构主义、叙事学、原型批评等对典型代表性剧作进行解读，如独幕剧《琐事》的研究，有从精神分析角度解读的，如张蓝予的《女性的自救宣言——对独幕剧〈琐事〉中女性人物的精神分析解读》；有从女性主义角度解读的，如曾媛媛的《从女权主义角度浅析〈琐事〉的主题》；有从结构主义角度解读的，如傅鑫的《从结构主义视角解读〈琐事〉》等。

另一方面是对独幕剧演出研究。由于独幕剧的演出演员少，道具简单，演出灵活方便，不为舞台所局限的演出方式加速了独幕剧的繁荣。相关文章有从导演创作角度出发的，如武英洁的《国家艺术基金项目独幕剧〈菩提青蛇〉导演构思》，田莹的《追求极端戏剧性——从〈死亡与少女〉看波兰斯基的导演创作》，陈龙光的《关于法国独幕喜剧〈和睦家庭〉——从文字到舞台呈现的导演笔记》，如孟宇的《独幕剧〈老妇还乡〉怪诞色彩的舞台呈现》，将原本多幕剧的形式改编为完整的独幕剧。王亦放的《谈三个独幕喜剧的演出》《关于四个抗战独幕剧"演出本"的一点说明——〈虎列拉〉〈求雨〉〈打得好〉〈粮食〉》。

综上所述，对于独幕剧概念的界定多是表现形态的描述；对于本体性的研究较为零散，未成体系，并且更多是从创作论的角度出发讲述独幕剧的编剧问题；对于独幕剧剧作家，作品的解读，更多集中在典型作家的典型作品，研究方法多为传统的文学批评方法。从戏剧叙事角度研究独幕剧，仅见于个别的剧本分析，整体研究显得非常薄弱，怎样从叙事艺术角度发掘独幕剧体裁本身的独特性，总结其叙事经验，并客观地在戏剧史上给其定位，这些问题不仅对独幕剧研究很是关键，对于现代戏剧的整体研究也有重要的作用。

三、理论基础

（一）内容与形式的辩证统一关系

从戏剧内部因素来看，以传统的二分法为基础，从内容和形式两方面来看，形式是容器，内容填充到容器中，这种看法的局限性在于忽视了形式的历史性。虽然既定的形式具有相对的稳定性，但这是暂时的，并非永恒，在一定程度上形式具有可变性。比如，戏剧的叙事性，在亚里士多德的《诗学》中是不提倡、不允许的，但是到了布莱希特时期，成功地开创了叙事剧。"三一律"在古典主义时期，被奉为戏剧创作的金科玉律，但是很快就被打破。形式的变化发展与内容之间应是相互辩证的，是相互促进的，缺一不可。在内容与形式的关系上，应该关注审美形式的变化运动问题，"形式消灭内容"论与"内容决定形式"论都是有失全面的，内容与形式是相互转化、相互作用的，两者是辩证统一的关系。阿多诺的《新音乐哲学》和黑格尔的《小逻辑》中对这一问题有充分论述。"内容非他，即形式之转化为内容；形式非他，即内容之转化为形式。"[1] 它们之间的相互辩证作用的过程是：内容与形式在最初在作品内部达到统一，是相符合的，一旦出现新的内容表述，则旧形式可能无法满足其表述的需求，两者会产生矛盾，矛盾发展到一定的程度，它们之间就会出现分裂。其中一个时期，

---

[1] ［德］黑格尔：《小逻辑》，贺麟译，商务印书馆1980年版，第278页。

新的内容无法完全用旧的形式来表述，虽然新的形式并没有成熟，但是在旧形式中已经蕴含新形式的元素。继续发展下去，新的内容表述的需求还会继续地加强，旧形式的束缚会逐渐被突破，新的形式会在新内容的要求中凝结。

新的审美内容会成为戏剧形式变化的动力，戏剧内容中现代性的诉求会产生新的审美内容。如果形式与内容出现矛盾，即新的现代性内容表述在旧有戏剧形式无法得到满足，现代性表征危机就会凸显，试图解决这一问题，必然会引起戏剧形式的变革，独幕剧产生的根本原因就在于此，所以独幕剧的出现是戏剧形式受到戏剧内容现代性要求的产物，因而无论从形式上还是内容上，独幕剧都具有现代审美特征。

从戏剧的外部因素看，大家常用的戏剧文学的批评方式是从剧作家生平、政治背景等方面解读戏剧内容，而真正戏剧的深入研究，还应该包含形式方面。在诸多的研究方法中叙事学的研究方法是一种更贴近文学本体的形式研究，这是探讨考察某一戏剧体裁的独特性的好方法。一种自觉的体裁都应该具备自己独特的外在特征和组合原则，都有较稳定的叙事形态；反之，就是其不成熟的表现。

由于戏剧形式的独特性，一种是以文本研究为主；另一种是以表演研究为主，研究脱离文本的即兴表演。本书的研究对象是独幕剧的文本。独幕剧叙事艺术的研究，既是一个宏观问题，需要有戏剧史的视野，还要微观的剖析，需要有文本的积累，用文本说话，也是复杂的理论问题，需要以叙事理论为指导，深入阐释独幕剧文本，在细致的文本分析上，总结独幕剧的叙事性特征，把握其叙事性技巧，探索其叙事艺术的创新，从而为现代戏剧的发展提供启示意义。

（二）经典叙事学理论

本书从经典叙事学出发，研究独幕剧的叙事化特征。随着20世纪60年代中期西方兴起的结构主义思潮，用结构主义方法分析艺术作品，一时成为研究的热点。一些学者将这一方法引入文学作品，并取得了显著的成就。在结构主义的影响下，叙事学应运而生，并逐步形成完备的理论研究方法，这一时期"叙事学的基本研究对象是叙事文本"[①]。叙事学的目标是"通过建立最小叙事要素来展现一副可能性之网。它在网格上为个别文体标出具体位置，并追问他们是否需要网格校正。"[②]

"故事"（story）"话语"（discourse）为叙事研究提供了明确的支点，使看似复杂的叙事批评变得清晰。故事与话语的区分是叙事研究的基础，它们分别描述叙事作品的两个层次。这两个层次的形成与俄国形式主义关于"故事／情节"之分有密切关系，后来的叙事学家对它们的内涵的认识并无太大的争议。在俄国形式主义者那里，"故事指尚未形成文学材料的东西，情节则是文学文本的程序、技巧和主题的具体体现"[③]；对热奈特而言，故事"由处于时间和因果秩序之中的、尚未被形诸语言的事件构成"，话语则是读者阅读到的文字（热奈特认为还应该增加一个层面，即"叙述行为"，用来指作者与听者／读者的关系，但国内叙事学家申丹认为，叙述行为要么与叙事话语无关，要么成为叙事话语的一部分，因此没有必要区分这一层

---

① 谭君强:《叙事理论与审美文化》，中国社会科学出版社2009年版，第11页。
② ［美］西摩·查特曼:《故事与话语——小说和电影的叙事结构》，人民大学出版社2011年版，第19页。
③ 唐伟胜:《文本 语境 读者——当代美国叙事理论研究》，世界图书上海出版公司2013年版，第7页。

次[①]）；在另一位叙事学家查特曼看来，故事包括事件、人物、背景，话语是"内容借以被传达的手段"[②]。

在本书中"故事"是指"被描述事件中的是什么（What）"[③]，主要研究"叙事的性质、形式、功能并试图归纳出叙事的能力"[④]；而话语即所谓的"表达"，是指"内容被传达出来所经由的方式（How）"[⑤]。（如图0-1）

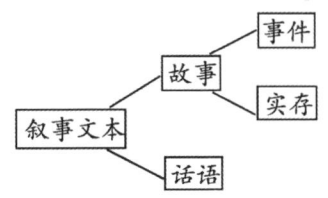

图0-1 叙事的诸要素

本书沿用叙事二分法，以经典叙事学中的叙事理论为理论支撑，从独幕剧的"故事"与"话语"两个部分入手深入研究独幕剧叙事，提炼出独幕剧的叙事特征，即独幕剧"小"在何处。

---

① 申丹：《叙事学与小说文体研究》，北京大学出版社2011年版，第14—19页。

② [美]华莱士·马丁：《当代叙事学》，伍晓明译，北京大学出版社1989年版，第126页。

③ [美]西摩·查特曼：《故事与话语——小说和电影的叙事结构》，人民大学出版社2011年版，第4页。

④ 谭君强：《叙事学导论——从经典叙事学到后经典叙事学》，高等教育出版社2014年版，第182页。

⑤ [美]西摩·查特曼：《故事与话语——小说和电影的叙事结构》，人民大学出版社2011年版，第4页。

四、研究方法和研究范围

本书的研究方法是：第一，细读法和归纳法。在"细读"戏剧文本的基础上，然后进行类型的归纳、分析总结规律，深入探讨独幕剧的叙事艺术的独特性。第二，宏观与微观相结合的方法。对于独幕剧的叙事艺术研究，既有宏观的整体把握，又有微观的个案分析。第三，将"史"与"论"相结合的方法。在对独幕剧进行渊源，发展的线性"史"的考察基础上，又从叙事学角度来"论"，争取对独幕剧进行全面整体性的理论观照。第四，比较法。对独幕剧进行叙事研究的同时，将多幕剧作为对比的对象，在对比中归纳独幕剧的特点。

在此基础上，本书将特别注意处理好两个问题：第一，在以独幕剧文本为研究对象，以叙事学为研究方法，从而彰显独幕剧叙事艺术的独特性。第二，现代意义上的独幕剧具有百余年的历史，在这百余年间，独幕剧自身也有其发展演变，因此在研究中需要处理好历时性与共时性、统一性与差异性的关系，辩证地看待独幕剧的叙事艺术。

本书运用叙事学理论，以独幕剧作为研究对象，切入研究，力求探究出独幕剧这一体裁形式在戏剧探索中的成败得失，从而给独幕剧一个客观的评价，希望能给当下的戏剧实践与理论总结提供一定的借鉴。在行文过程中，由于笔者自身文本储量与理论储备的不足，虽尽量保持科学的研究方法，严谨的研究心态，也许在本书中还存在论点不成熟，论据的不全面、充分，论证过程不严丝合缝的问题。

独幕剧体裁具有开放性、包容性与复杂性的特点，在此对"独幕剧"的研究范围做一下界定：其一，获得普遍认可属于"独幕剧"体裁的作品，由于本书着重以解析独幕剧剧作的叙事艺术为主旨，因此在挑选剧目时，首先考虑选取的是那些在独幕剧历史上有影响的，在写作技巧上成熟和经得起分析的、有特点的剧作进行分析。行文中对于体裁归属问题不再进行辨析。其二，在一定时期内戏剧小品包含在独幕剧之中，但随着电视技术的发展，戏剧小品成为独立体裁形式，本书讨论的独幕剧不包括独立后的戏剧小品。其三，科学技术的发展，使得传播媒介在现当代有了巨大的发展变化，具有鲜明的时代性，新时期在视频技术的发展下，有在电视上播出的"特别独幕剧"，其体裁特征具有相对的独立性，本书的研究对象不包括"特别独幕剧"。

第一章　独幕剧体裁的自觉

体裁是文学类型的体式规范。童庆炳认为"体裁是文本基本要素在相互作用中所形成的和谐的、相对稳定的特殊关系,正是文本诸要素的完美结合,构成了某一体裁的独特的审美规范。一种文学体裁的形成是长期的创作实践的结果,也是一代人探索的结果,体裁犹如语言中的语法规则,不是某个人的规定,而是一种经过长期实践后的约定俗成"[①]。独幕剧的体裁源自小型戏剧的演变,经历了漫长的过程独幕剧这一体裁才实现完成自觉。

第一节　独幕剧的历史溯源

现代意义上的独幕剧是相对于多幕剧的独立存在,成熟于19世纪末期,以对白为主要表演特征的小型戏剧,从属于现代戏剧的范畴。在中世纪以来的一些小型戏剧中,如世俗小戏、宗教短剧、插曲剧和幕间剧、开场戏和尾戏等已可见独幕剧的雏形。这类小型戏剧主要用于调节剧场气氛,具有戏谑色彩。

---

① 童庆炳:《文体与文体的创造》,云南人民出版社1994年版,第105页。

一、世俗小戏

在中世纪的欧洲,在进行庆祝狂欢的时候,会演出丰富多彩的、各种各样的娱乐节目,其中不乏小型戏剧。这些小型戏剧内容粗俗,情节简单,题材以日常生活为主,深受下层人们喜爱。主要剧种有道德剧、傻子剧和笑剧。道德剧的内容是劝善惩恶,使用寓意的手法,把抽象的观念拟人化;傻子剧是借痴、傻的主角讽刺贵族和教士,揭示当时的政治上宗教上的缺点,如《傻王戏》是讽刺法王路易十二的。

相比于道德剧与傻子剧,笑剧的现实意义更强。笑剧在法语中称作"Farce",原义是"馅儿",有"穿插"和"填塞"的意思,这种样式至少在13世纪就存在了,当时演出宗教剧肃穆冗长,为了活跃气氛和取悦观众,在中间穿插一段反映世俗生活的滑稽小戏,内容丰富,充满戏谑和嘲弄,风格泼辣夸张,情节滑稽诙谐。到了15世纪,这种小戏逐渐发展成为一种独幕的诗体小剧,有了正式的名称,自成一体,在法国的发展最为成熟,并在欧洲各地流行。代表性的作品有《巴特林律师的故事》《饼与糕》《水缸》《哑妻之夫》和《两个瞎子》等。其中最著名的是《巴特林律师的故事》,至今仍在舞台上演出,巴特林是既聪明又狡诈的律师,一方面他骗取了布商朱奥姆的布,朱奥姆上门讨债,为了躲避,他装病躺在床上耍无赖;另一方面,牧童因吃了布商朱奥姆家的羊而被送上法庭,牧童请巴特林当他的辩护律师,巴特林给他出主意,在法庭上,只要法官问他问题,就一概不说话学羊叫。在法官审布商朱奥姆的羊被牧童吃了的案子时,朱奥姆却说到了巴特林骗布的事情上,因为他的答非所问,被当成脑子有毛病,牧童无罪释放。最后,巴特林要牧童给他金币当报酬时,牧童依旧学羊叫。

二、宗教短剧

15世纪末期,一场反对中世纪禁欲主义和宗教统治的思想文化运动——文艺复兴席卷了欧洲各国,虽然在文艺复兴运动的影响下,宗教势力的影响范围开始消退,但是宗教小戏仍在一些国家十分流行。比如,在西班牙有种简短的宗教剧,被称作"奥托"(Auto)。这种戏剧形式,一般以寓意人物或《圣经》人物为主要角色,由演员坐在轮椅上表演,主要宗旨为宣传宗教教义。在17世纪"奥托"的创作到达顶峰,当时许多剧作家都尝试过此形式的创作,西班牙剧作家卡尔德隆创作的120余部戏剧作品中,"'奥托'就占76部"[1],代表作品《神奇的魔术师》。与卡尔德隆齐名的剧作家维迦,自述"写过1800多部剧本和400余部'奥托',流传下来的'奥托'42部"[2]。

16世纪中叶,以前盛行于市集的闹剧再次翻红,这与当时巴黎禁演宗教剧密切相关。莫里哀年轻时随剧团在外省流浪的时候,就是写短小的闹剧入门的,这些作品目前只有剧名,从剧名来看就很有戏谑色彩,如《口袋里的高西布斯》《小学生胖子洛奈》《迂阔先生》《胖子洛奈吃醋》等,演出内容已不得而知。这种小型戏剧最初在集市演出,后来进入剧场。

三、幕间剧和插曲剧

16世纪出现幕间剧(Intermezzi),这是一种独立的歌舞表演或滑稽短

---

[1] 杨晟:《欧美作家辞典》,陕西人民出版社1988年版,第444页。
[2] 乔丽:《外国戏剧史》,河南大学出版社2014年版,第29页。

剧。幕间剧在 16 世纪初流行至 17 世纪初消失，出现在戏剧的幕与幕之间，一般非常短。表演特点是追求炫目的舞台效果，目的是缓和多幕剧的内容给观众带来的沉闷、严肃气氛，使观众的情绪得到放松。幕间剧一般取材于现实生活中的滑稽现象，内容主要反映市民生活中发生的纠纷以及其他生活情趣，具有民间戏剧那种生动活泼、通俗诙谐的特点，在市民中比较受欢迎。意大利的幕间剧多取材于神话故事，追求特殊的剧场效果，比如珀尔修斯骑着飞马大战海怪，赫拉克勒斯入地狱，演出中的布景十分富丽堂皇。在幕间剧中还可以看到摩尔人表演的火炬舞以及罗马武士随着音乐节奏挥舞兵器的战斗场面。幕间剧标志着世俗戏剧的开端，也反映了戏剧中的现实主义得到了进一步的发展。

此时的西班牙，在戏剧演出中已有自己独特的套式和风格，两幕剧之间会加演一个短小的幕间剧。在一部三幕剧中会插入两部幕间剧，剧演完后还要加演部笑剧。西班牙大作家塞万提斯，共创作了 8 部富有戏剧性的幕间剧，比如《奇迹集锦》《丧偶的妓院老板》《小心戒备》《审判离婚案件的法官》等。

西班牙戏剧中还有一种称之为"帕索"（Paso）的独特小样式。它穿插在一些剧情发展迟缓的剧中，主要是为了调节气氛。"帕索"取材于下层社会的逸闻趣事，具有独立的情节、背景及人物，由一种喜剧情境及两三个角色所构成。表演滑稽夸张，运用地方语言和背景，对话通俗机敏，具有喜剧色彩和讽刺意味。其中的一些成为独立的插曲剧，自成一体脱离正剧。西班牙剧作家洛佩·德·鲁埃达创作了许多"帕索"，现存 10 部插曲剧。影响最大的是《橄榄》，讲述了一对夫妇，在种下一棵橄榄树后便开始幻想起收获后让女儿去卖橄榄，结果夫妇二人在把橄榄卖多少钱上，俩人各持己见，互不相让。丈夫认为妻子每篓橄榄卖两毛钱太贵，都认为女儿该听自己的，最终俩人的争执愈演愈烈，甚至动手打起了女儿。

四、开场戏和尾戏

17、18世纪的法国，当时剧场演出已形成固定的格式：一部长剧加一部短剧。这种短剧称为尾戏（After-Piece），这是全剧演完之后加演的一部小戏，或者在五幕正剧的第三幕和第四幕中间插演。1658年，莫里哀在卢浮宫，为路易十四演出高乃依的经典悲剧《尼高梅德》，但演出并没有引起太大反响，反而加演的尾戏小闹剧《多情的医生》，获得了很大的关注。他另一部著名的短剧《可笑的女才子》，也是尾戏，跟在高乃依的《西拿》之后演出的。

18世纪后期，巴黎的歌剧院在正剧开始前会先演一部短剧，称为开场短剧（Curtain-raiser），目的是照顾那些迟到的观众。这种开场短剧有点像中国舞台上在开演名角的压轴戏以前先演一两出小戏。1666年，莫里哀的短剧《大夫袖手》，为《厌世者》的开场短剧。这种开场短剧逐渐流行于欧洲各国的舞台，这种剧作大多是滑稽戏，闹剧，只是为了消磨时间，逗观众笑乐，没有严肃的社会意义。

18世纪，在俄国的一些大城市中，盛行学校戏剧的演出，其中会加演具有强烈的讽刺色彩的幕间喜剧，主要是讽刺嘲笑神父法官、贵族、地主等，比如许多幕间喜剧的主要人物都是加耶尔是和赫尔里金。在《赫尔里金与法官》中，赫尔里金向法官控告苍蝇，在他列数苍蝇的罪行后，法官赋予他捕打苍蝇的权利。最后，赫尔里金拿起棍棒就打秘书和法官，原因是有苍蝇在他们身上。

以上提到的这些短剧开始都是作为附属物而存在于主剧的演出中，但是这些短剧逐渐地受到观众的欢迎，就有了专门为迎合观众而创作的剧目。18、19世纪在剧目上，已把这些短剧称为"One Act Play"，现翻译为独幕剧。"1735年，德国一个剧团在8个月期间就演出了75出足本戏和93个独幕剧，"①可见当时剧团对这种短剧的需求量极大。于是很多的剧作家都尝试这种小型戏剧的创作。

法国剧作家斯克显布写了许多短剧，这些幽默短剧对话机智，语言优美，表现下层人的生活。梅里美曾化名西班牙喜剧女演员克拉拉·加苏尔发表戏剧集，包括《西班牙人在丹麦》《天堂和地狱》《依内丝·门多》《非洲人的爱情》和《女人是魔鬼》5部短剧。1826年，梅里美发表在《巴黎评论》上独幕喜剧《运送最后圣餐的马车》，这部剧直到20世纪，还作为法兰西剧院的保留剧目经常演出。《运送最后圣餐的马车》讲述了一个聪明的女演员，将总督送的马车，转送给教堂的故事，讽刺了主教的伪善与贪婪，总督的好色。法国轻松喜剧作家拉比什有许多充满愉快气氛的独幕剧，影响最大的作品是《厌世者和奥弗涅人》，讲述了一个有钱人，要求一个奥弗涅人，只能说真话，对他不许有所隐瞒。耿直的奥弗涅人时时说真话，反而将有钱人推到了尴尬的境地，最后有钱人为了打发走奥弗涅人，将自己财产的一半分给了他。1830年，俄罗斯剧作家普希金创作了《鼠疫流行时的宴会》《吝啬的骑士》《石雕客人》和《莫扎特和沙莱里》4个多场景小型剧本，表现了人们被病魔、金钱、情欲、嫉妒所支配后，不可避免地走向毁灭的悲剧。俄国剧作家果戈理创作了《赌徒》《婚事》和改编自己的喜剧《三级符拉季米尔勋章》而成的《片断》《仔役室》《讼事》《官员的早晨》等独幕剧。在独幕剧《赌徒》中讲述了老是想欺骗别人的并有经验的

---

① 孙祖平：《戏剧小品剧作教程》，中国戏剧出版社2009年版，第13页。

骗子伊哈寥夫，被更狡猾高明的骗子所欺骗的故事。俄国作家屠格涅夫创作了《索伦托的傍晚》《缺钱》《外省女人》《贵族长的早宴》《疏忽》《大路上的闲话》和《绳在细处断》等短剧，他的作品一般通过生活中极为平常的画面，细腻地表现出人物的心理状态，塑造人物的性格特征。屠格涅夫的短剧对后人，特别是契诃夫的戏剧创作，产生了极大的影响。

第二节 独幕剧概述

一、独幕剧体裁自觉前的酝酿

（一）镜框式舞台与舞美技术的革新

舞台最前面的一道幕布，称大幕，舞台大幕在戏剧中的使用源自舞台技术的革新——镜框式舞台的出现。大幕一般使用深红色丝绒或绸布制成，现在也有用表现特定剧情的大幅画布制成。大幕开闭方式为上下或左右闭合两种，拉开大幕即表示戏剧特定的空间、时间的开始；相反，则表示戏剧时空的结束或终止。从拉开到落下，用来隔开一段时间，称为一幕。

1618年，法尔内塞剧院在意大利的帕尔玛城建成，它是文艺复兴时期保留下来的最古老的，带有永久式台口的舞台建筑。当然，它并非第一个使用台框的新舞台。现存最古老的拱架式舞台是大约1560年在巴尔托罗梅奥·内罗尼的一幅画中发现的，但拱架有可能是非永久性的。而由布翁塔伦蒂于1586年在佛罗伦萨的乌菲兹宫所建的剧场有了在结构上一个永久性的拱架，这也许是欧洲的第一个镜框式舞台。乌菲兹剧场于18世纪被毁，所以帕尔玛的法尔内塞剧场便成为现存最早的镜框式舞台的例证，也被认为是现代剧场的开端。法尔内塞剧院的舞台主要表演区已经在镜框内了，原来的表演区画龛外的横宽台面成了台唇。镜框台口装饰的十分精致，台口是正方形，并且挂起了大幕，满足当时戏剧分幕分场的需求。舞台是一个很深的空间，并且分为前后两部分（在舞台中间的位置的两侧有一堵墙），前半部分是一排正面的景，三排侧景；后半部分是一套可更换的背幕，四排侧景，可根据演出的需求变换景深和更换布景。这种舞台的特点是主台面积较大，天顶较低，台框接近于正方形，主台后设有附台，以加大布景的深度，舞台上出现了三堵墙和镜框，并设有幕布。这样的舞台可以方便地变换不同的场景制造幻觉。在17世纪，西方舞台台口的幕布的起落与舞台的布景都没有直接的关系。"当时的台口大幕只在开演时使用，以增加开幕时观众看到宏伟的布景场面时引起的惊奇感，戏在换景时大幕并不落下。换景也是表演的一部分，而且常常被视为一种特殊效果。"①

伴随着工业革命的发展，在瓦特发明蒸汽机以后，机器被广泛地运用，大大提高了生产力，工业技术也被运用到镜框式舞台的改造中。首先革新了舞台照明系统：1816年，费城的栗树街剧场成为世界上第一个完全使用煤气灯照明的剧场，煤气灯可以控制剧场的所有区域。19世纪中叶，煤气灯光控制中心，相当于现在的调光仪表板的出现，使后台工作人员能够控制舞台上所有的灯。1879年托马斯·爱迪生发明的白炽灯进一步革新了舞台照明系统。电子照明自然是剧场灯光系统里最灵活、最易控制和最安全的形式。在1881年，伦敦的萨伏伊剧院已开始使用白炽灯照明。贝拉斯科

---

① 李道增：《西方戏剧·剧场史》（上），清华大学出版社1999年版，第213页。

说:"灯光之于戏剧宛如音乐之于歌词,没有一个因素进入戏剧演出在表情达意方面有如灯光那样有效。"①阿庇亚指出:"人体在舞台上的艺术性的表现有两个主要条件:提高它立体型的灯光,提高演员姿态和动作的三向度结构的布景。""灯光是元素,它本身可以构成无限的效果。"②"灯光具有几乎是神奇莫测的灵活性,它占有各种不同的清晰度、各种色彩的可能,调色板上所有各种微妙的变化。它可以产生阴影,像音乐那样在空间中布满颤动的和谐。在灯光中我们占有空间的所有表现力,假如这空间是演员服务的。"③"光之于空间犹如声音之于时间——这是生命的最完美表现。"④美国戏剧家琼斯认为:"当我们细细体味剧场灯光运用中的一些伟大实例时,我们不再想到和谐的美,而是想到生动、对比、强力、斗争和震惊。我们梦想一种紧张、活跃、富于气质的灯光,一种冲击的、任性的、变幻莫测的灯光,一种常常为激情所驱动的灯光,一种充满烈火和风暴的灯光。"⑤灵活自由、丰富多变的灯光在现代戏剧中的广泛运用,无疑极大地增强了戏剧的艺术表现力。

其次发展了移动布景。19世纪末,升降舞台(允许舞台的一部分地板,甚至是整个地板升上或降下)和旋转舞台(舞台是一个巨大的转盘,在上面放置着布景:当转盘移动时,一侧布景消失在视线之外;另一侧布景进入观众的视野)得到完善。

---

① [瑞士]阿道尔夫·阿庇亚:《西方演剧艺术》,吴光耀译,上海文化出版社2002年版,第44页。
② 同上书,第96—97页。
③ 同上书,第104页。
④ 同上书,第116页。
⑤ 同上书,第159—160页。

随着灯光照明技术和布景技术的发展，戏剧对舞台幻觉的追求，使幕与布景紧紧地结合在一起。"实际有幕的时代，是在19世纪演剧已进入写实剧的时代，因为舞台上开始表演逼真的生活，绘画的背景在舞台上运用起来，才实际出现闭幕换景的面幕价值"。① 从此"幕"和"景"有了密切的关系。经过长时期反反复复的过程，且不断演化，幕才在舞台上确立，舞台的变化，带来了戏剧形式的调整，西方戏剧开始使用"幕"为单位来区分长剧本的各个段落，在文学剧本中通行，为后来独幕剧体裁的自觉提供了可能性。

（二）戏剧幕场结构的成熟

戏剧中的"幕"有多层的含义，第一是舞台的装置，幕布悬挂在舞台台口，作用是分割观演空间和遮挡预先安排的布景。第二是功能性含义，是"一个行动"的段落，是剧本的构成要素。

1. 西方戏剧分幕的发展

古希腊的戏剧是不分幕的，但是有以周期性出现的合唱作为情节划分标志，戏剧要不中断地演下去，发展到下个段落时，是由歌队唱一段，然后再演。有人认为歌队实际上起着幕的作用，但歌队的作用也不仅仅是幕，还用歌队的穿插来划分段落，如埃斯库罗斯的《普罗米修斯》一共分9场：①开场；②进场歌；③第一场；④第一合唱歌；⑤第二场；⑥第二合唱歌；⑦第三场；⑧第三合唱歌；⑨退场。除去进场歌和3次合唱歌外，开场等于现代剧的序幕，退场等于尾声。如果把它们也除去，那么等同于三幕剧。索福克勒斯的《俄狄浦斯王》就有十一场戏，除去进场歌和4次合唱歌，

---

① 刘露:《舞台技术基础》，上海杂志公司1942年版，第11页。

再除去开场和退场，实际上是四场戏，等同于四幕剧。古罗马开始有幕，如贺拉斯在《诗艺》中说："如果你希望观众赞赏，并且一直坐到终场升幕，直到唱歌人喊'鼓掌'……"①据说这"终场升幕"指的是"罗马剧院开演时幕落下，剧终时幕升起"②，那么，当时幕的运用和现在幕的使用是截然相反的。

英国早期的戏剧也是不分幕的，比如莎士比亚的戏剧，人物总是在开场后陆续上场，最后一起下场。现在看到的莎士比亚的戏剧，标明幕和场次，有舞台说明的，都是后来的剧作家编辑时标注和划分的。莎士比亚的剧本一般是五幕剧，由于不用布景，一幕中又分成若干场，如《哈姆雷特》分五幕二十场；《李尔王》分五幕二十五场；《无事生非》分五幕十六场；《暴风雨》分五幕九场。

17世纪以后开始分"幕"，并在一幕之内再按情节发展的需要划分为"场"或"景"。一幕标志着剧情发展的一个大段落，而一场或一景则表示大段落中时间的间隔或场景的变换。"场"在有的戏剧里也就是"幕"。但一般说来，场和幕还是有区别的。场小于幕，是幕的组成部分。也就是说，一幕是剧情的一个大段落，一场是剧情的一个小段落。场在演出时，大幕不关，只关二幕，变换布景而后拉开，表示时间、地点的变动，所以场也叫"景"。有的时候二幕不关，只是舞台灯光一黑，变换布景，这叫"暗转"。"暗转"也等于换场，略有不同的是，闭幕表示较长时间的间隔，"暗转"表示较短时间的间隔。有的"暗转"不换景，只表示在同一地点，从

---

① ［古希腊］亚里士多德：《诗学》，罗念生译，人民文学出版社1982年版，第145页。

② 伍蠡甫：《西方文论选》（上），上海译文出版社1979年版，第105页。

这一时间向另一时间的过渡。分幕分场方式着重突出的是戏剧场面，把故事内容高度集中后用明场表现，至于故事情节发展的时空连接，则往往通过人物交代或暗场的方法来处理，它无疑对情节的概括、集中和发展具有重要作用。

戏剧的每一幕或场不管演员在场或不在场上，它的时间和空间都是独立存在的，戏剧的剧情和戏剧的行动都是在具体的、所规定的时间和空间中展开。所以，戏剧要在有限的舞台时空中来安排、组织戏剧情节，戏剧的结构是建立在相对固定的舞台时空中，要求最大化地发挥出戏剧行动的效能及展开戏剧冲突，讲究严密、紧凑、集中，力求不浪费舞台一秒钟、一分钟的时间，合理地利用舞台上一尺、一寸的空间。总的来说，戏剧结构立足于有限的舞台时空，充分发挥舞台空间中道具和布景的作用来安排剧情，将其艺术力量最大化地发挥，充分地表现生活的深度和广度。

2. 中国戏剧分幕的出现

中国传统戏曲中是没有舞台大幕的，"幕"随着话剧传入中国，在中国出现"幕"这一形式，最大的可能是与我们一衣带水的邻居日本有关：第一，中国首个以分幕方式撰写并发表、演出的剧本是梁启超在1905年所作六幕粤剧《班定平西域》，但是在《中国现代戏剧总目提要》（修订版）中提到首次采用分幕表演法是1907年春柳社王钟声根据哈里耶特·比彻·斯托夫人的小说《汤姆叔叔的小屋》改编的话剧《黑奴吁天录》，此剧在中国开启了全新的一种戏剧表演形态。随后，在中国的新式剧场出现了这种"幕"的舞台装置，从此出现了分幕的戏剧。梁启超的《班定平西域》之后的两年，中国本土大量分幕剧出现，相比滞后近两年，很大原因是，梁启超《班定平西域》的演出地是在日本，而在中国本土演出的王钟声《黑奴吁天录》是首次引入大幕。梁启超还是王钟声首先运用戏剧分幕这一形式，是否直接是受日本的影响，不好妄下定论。第二，日本比中国更早接触到戏剧分幕这一形式，"明治十七年（1884），坪内逍遥翻译莎士比亚的《尤利乌斯·恺撒》，译名为《自由太刀余波锐锋》（又名《该撒奇谈》），五幕十八场，全文译出"①。无论是算梁启超还是王钟声，都晚了20多年。第三，日语中"幕"的发音来自吴音②，很难撇开中国同日本的关系。日本人极有可能是借用了汉语里的"幕"来表示西方戏剧中相应的概念，这一概念随后又辗转传回中国。"'独幕剧'这个名词，英语是'One Act Play'，欧美诸国均同，我国沿用日本的译名，把Act译为'幕'"。③幕的使用改造着中国传统的戏剧形式，从此在中国戏剧有了独幕剧、多幕剧之分。

写实布景和戏剧分幕的形式进入中国话剧后，中国的剧作家需要改变传统的戏曲化思维，话剧中讲究写实布景与幕布的配合使用，每场剧或每幕剧都有固定的相对应的布景，要遵守有限时空观的要求，变换地点是有要求和限制的。时空转换在中国传统戏曲中根本不是问题，到了话剧中由于在舞台上不能将各个地点所发生的情节事件一一展示出来，戏剧的内容必须浓缩在有限的地点中，所以，对于事件重要度是有所选择的，详细讲述发生在重要地点的重要事件，次要事件有选择地说，或不直接呈现在舞台上。关于新剧"幕段"，封至模说道："将一个事实，必择其精华中之精华，扼要中之扼要，作成一幕。看了此段，连前此后此的许多，都可以知道。无为无味没关系的，决不能加进去，可省看客许多的光阴。故三幕五幕，甚至一幕，可以作出许多事情。"④重点就是，"精华"部分展现在舞台上，次要的事件

---

① 唐月梅：《日本戏剧史》，昆仑出版社2008年版，第438页。
② ［日］新村出：《广辞苑》（第6版），上海外语教育出版社2012年版，第2633页。
③ 施蛰存：《外国独幕剧选》（1），上海文艺出版社1981年版，第1—2页。
④ 封至模：《新剧究竟是怎样的》，《戏剧》1923年第2期。

放于幕后,这样就有了幕前明场戏与幕后暗场戏之分,故事情节集中化,戏剧结构复杂化。一个大的动作段落就是一幕剧,一个大的动作段落中包含许多动作,但是必有一个角色的动作贯串,一般这个角色是戏剧中的主角,其他的都是次要人物的辅助动作,为了将主角的动作突出,必然会舍弃与贯穿动作无关的旁支,辅助动作只是为贯穿动作服务的。

另外,中国观众观赏的侧重点也由以前的"听戏"转变成"看戏",戏曲是"靠演员的表演和观众的想象共同创造舞台的生活图景"[①],欣赏重点从体味文辞优美的听唱段变成看真正的动作。戏剧表演不同于传统戏曲的虚拟化、程式化的表演,戏剧演出的背景要与演员的动作、表情一致,表演要与环境协调、与布景契合。戏曲表演中的插科打诨之类或西皮二黄之类的唱段也是不允许的,戏剧演出的戏剧动作向自然靠拢,是一种与戏曲不同的表演方式。

分幕对剧本和舞台产生了重要又复杂的影响,剧本与舞台呈现出互动的面貌。分幕的过程是戏曲到话剧的发展过程,是无限时空到有限时空的转变,是戏剧情节不断集中化的过程,是中国现代话剧成熟的过程。

二、独幕剧的体裁自觉的契机

(一)小剧场运动对独幕剧体裁的选择

现代意义上的独幕剧是伴随着19世纪末西方戏剧史上名噪一时的"小剧场运动"而诞生的一种戏剧体裁。"小剧场运动"是一群立志献身艺术的

---

① 黄克保:《戏曲表演研究》,中国戏剧出版社1992年版,第9页。

戏剧家针对欧洲当时戏剧商业化倾向而进行的一种戏剧改革运动,这是一种小型的、实验性的演出,它不以营利为目的,而以提高戏剧的艺术质量及揭示生活的本质为宗旨。这种自发的、小型实验演出一经出现,立刻在戏剧界引起极大震动,产生了连锁反应。独幕剧就是在这个时期脱离了开场戏和尾戏的附属地位,成为独立的体裁形式。欧洲"小剧场运动"的发生是多方面的因素促成的。从戏剧文化的自身发展规律看,"小剧场运动"是戏剧美学观念的更迭的产物,与人类的认识水平的提高和认识角度的转换有直接关系。

19世纪80年代到20世纪初,科学技术的发展带来了人们物质生活的"美好"与文化生活的"繁荣"。此时正是医学取得突破性发展,生物学、遗传学支持实证主义哲学盛行的时代,孔德的《实证哲学体系》、丹纳的《艺术哲学》、达尔文的《物种起源》、马克思的《资本论》、贝尔纳的《实验医学导论》、勃兰兑斯的《19世纪文学主潮》、斯宾塞的《心理学原理》相继问世,从中可以大概反映出当时人们感知世界,认识世界的框架。人不再依赖于"命运",人不是受具体的理性法则——形而上、玄妙或机械的存在。人是和生理变化、环境、社会关系、经济条件、种族关系密切的生物存在,而且这一切是可以研究的。这反映到戏剧观念上,便直接导致了自然主义、现实主义的戏剧美学原则的产生。在科学技术的飞快发展和哲学理论的推动下,又出现了直觉主义。实证主义、自然主义与直觉主义是几种相互对立但是又平行发展的思潮,对文学艺术领域产生了巨大的影响,但这股冲击波及戏剧领域相对较晚。当时法国的戏剧舞台更多是表现丈夫、妻子和情人的"市民戏剧"。戏剧演出的主要目的是为了营利,而戏剧明星时常无视剧本,无视艺术。虽然表面热闹灿烂,但其背后正在酝酿着一场变革,这场变革将改变戏剧面貌。这就是安德烈·安托万创建了自由剧场,小剧场运动拉开帷幕。"由自然主义作家在小说领域、由印象派画家在绘画领域、由瓦格纳派在音乐领域所获取的胜利即将在戏剧领域重现。"[①]安托万在其回忆录中分析了当时法国戏剧危机的原因:"一是剧目单调,仅限于十来个作家,内容雷同;二是剧场缺乏舒适安全感;三是票价昂贵;四是剧团管理混乱,尤其是明星制和临时招募演员严重损害艺术质量……他总结道:如今的戏剧提供给观众的是毫无意义的剧本、条件可怜的剧院、令人瞠目的票价和混乱无序的剧团。"[②]至此,安托万针对危机产生的根源,开始了戏剧的革新。"自由剧场于1887年3月30日进行了首次公演,演了4部独幕剧,首演便是根据左拉小说改编的独幕剧《雅克·达莫尔》"[③],引起了公众的强烈反响。

"小剧场运动"是一场与官方戏剧相对抗的在野的戏剧文化运动,所以在空间观念和组织形式上,都彰显出充满活力的特征——小而空的空间场所成了戏剧活动的栖身之处。这种因陋就简的生存方式,无意间导致了戏剧空间的一场深远革命,并引起了整个戏剧观念的一系列变化:组织形式是建立在为艺术理想和创新探索而献身的凝聚力之上,大家在组织内容上是一视同仁的,这种组织形式的活力,至今依然是戏剧艺术家们抗俗违理、勇于创新的坚持自己艺术主张和实践时所汲取的源泉。"小剧场运动"成就了一大批著名戏剧作家、名演员,确立了导演体制。奠定了独幕剧作为严肃戏剧体裁的地位,在戏剧美学上对后世戏剧产生了深远而持久的影响。

[①] 宫宝荣:《法国戏剧百年:1880—1980》,生活·读书·新知三联书店2011年版,第11页。

[②] 同上书,第12页。

[③] [英]J. L. 斯泰恩:《现代戏剧理论与实践(1):现实主义与自然主义》,周诚译,中国戏剧出版社2002年版,第44页。

从社会心理看，过去曾振奋鼓舞人们的，上升发展的资本主义固有矛盾显现出来，人们与环境的对抗日趋尖锐，在戏剧上就反映出对社会的强烈批判精神，对人生冷静地重新审视，戏剧比以往任何时代都显得严肃、沉重和关注社会人生，而这恰是"小剧场运动"的内容特点和精神标志。"小剧场运动"对金碧辉煌的专门性建筑——大戏院的叛逃，其实是对既成戏剧体制、美学趣味、运作体制的叛逃，是与民主、自由的平民思想相对应的一次戏剧改革运动。它对戏剧活动空间格局的改变，本身具有打破上层社会中皇族、贵族对艺术的垄断，将戏剧艺术还给平民的革命意义。"小剧场运动"还是戏剧文化在破旧立新时，摆脱金钱控制的一种行之有效的活动方式，因此"小剧场运动"的发生是戏剧文化求变求新时对生存方式的另一选择。不因循守旧的探索创新意识和在此前提之下的对不同流派戏剧的兼容精神，成为"小剧场运动"显著的特点。

英国学者J.L.斯泰恩在《现代戏剧理论与实践》一书中指出"戏剧史是一部反叛与反动的历史，各种新的形式向旧的形式发出挑战，而旧形式则为新形式提供了基础"[①]，明确地把欧洲现代戏剧的开端定为兴起于19世纪末的欧洲"小剧场运动"。"小剧场运动"的影响范围不仅仅是在欧洲，在20世纪初直接影响了北美和东亚的现代戏剧的传播与兴起。在美国以戏剧课程"英文四十七"的开设为标志；在日本以"新剧"的出现为标志；在中国以1906年成立的"春柳社"为标志，这是在日本"新剧"影响下，中国留日学生进行的新戏改良。"小剧场运动"不是戏剧文化争奇斗艳的流派现象，也不是一般认为的是一种单纯的反商业化、反票房控制的产

---

① ［英］J.L.斯泰恩：《现代戏剧理论与实践（1）：现实主义与自然主义》，周诚译，中国戏剧出版社2002年版，第44页第1页。

物。"小剧场运动"是一场席卷全球的戏剧大潮，彻底结束古典主义戏剧，打破了内容平庸、事件机巧和情节浪漫的商业性戏剧的垄断。它在戏剧各个环节上，舞美空间造型、表演、导演、剧本文学、美学观念上都进行了开疆拓土的发展，为世界戏剧文化走向现代戏剧作出了重大贡献，并为保持戏剧艺术的活力，提供了一种行之有效的活动方式，簇拥着戏剧文化洪流涌进了现代戏剧的大门。

"小剧场运动"除了上述对现代戏剧建构的奠基性贡献和对后世戏剧深远的影响外，还为戏剧文化园地改良了品种，丰富了世界戏剧文化宝库，那就是使独幕剧从仅起点缀笑料作用的地位中脱颖而出，以其严肃的思想性、独特的艺术魅力风行于世。"小剧场运动"的发轫于法国自由剧场的第一次演出，就是由4个独幕剧组成的。爱尔兰"小剧场运动"更是靠约翰·沁孤、叶芝、格莱葛瑞夫人的独幕剧扩大声势和影响。俄国、日本"小剧场运动"中，也产生了大量的传世独幕剧。美国"小剧场运动"之初，独幕剧成了剧团最爱演、作家竞相创作的戏剧体裁。小剧场团体定期轮演，不断上演新剧目，以一定的数量保持其新鲜、活泼的形象，所以来不及进行大型多幕戏剧的长周期创作和排演。况且，在进行艺术实验和探索时，独幕剧比多幕剧创作周期短。于是，由于小剧场经营活动方式和艺术创新、探索、实验两方面的原因，独幕剧格外地受到小剧场运动的看重。一定数量的积累，势必带来质的变化，独幕剧在小剧场中得到了精雕细琢，提高了文学品位。美国"小剧场运动"史家麦克说："没有小剧场，欧洲那些最好的独幕剧永无被创作出来的可能。因为在大戏院里，独幕剧被贬到仅仅作为启幕开演时的附庸的地步。如果独幕剧不想成为附庸，则被迫成为杂耍剧院里讽刺剧、闹剧一类的东西。小剧场给了文学性的独幕剧生存的机会。"①

(二)左翼思潮促进独幕剧走向大众

左翼思潮发端于19世纪中叶欧洲的工人运动,随马克思主义的诞生而萌芽。第一次世界大战后,受俄国革命成果的带动,左翼思潮和无产阶级革命文艺运动在世界各国蓬勃发展,风靡欧、亚、美、非洲,而且比历史上出现过的任何一种艺术思潮和运动都更广泛、更猛烈、更撼动人心。

受左翼思潮影响下的左翼戏剧在20世纪戏剧史上占有突出的地位。戏剧的传播方式注重民众接受的要求和能力。在历史的发展长河中,没有其他的艺术样式,像戏剧那样如此直接、确切及深刻地与民众的心灵相接触,这一点,戏剧具有先天优势。戏剧在演出时能使观众哭笑爱恨,并关注观众的心理"大众所同之天性也"②,戏剧第一要义为能感动人,是深入现代平民文化的首选方式。

左翼戏剧复活并发展了一种来自西方戏剧源头的传统。从皮斯卡托的无产者剧院到贝克的生活剧院,从英国的工人戏剧运动到法国的戏剧大众化运动,无一例外地受到这一古老传统的启发,继承了该传统中戏剧的所谓"广场性",在开放的表演空间和戏剧结构中,在癫狂与嘲弄的形式下,获得严肃的戏剧意义。就戏剧结构来看,它们常常是自由的、不拘一格的,摆脱了戏剧整一律的限制,能够方便快捷地反映时事,展现广阔的政治斗争和社会文化内容;就戏剧的表演空间来讲,一切的陈规和界限均变得多

---

① C. D. Mackey: *The Little Theatre in the United States*. Henry Holt and Company Published, New York, Oct. 1912, p.4.

② 洪深:《洪深文集》,中国戏剧出版社1957年版,第456页。

余,任何的地点都可以成为戏剧演出的场所。工厂、罢工现场、失业登记站、会议厅、马戏场、酒窖、仓库、公园、街头、路边、酒吧甚至妓院,只要容得下一定数量的演员和观众的地方,随时都能够被用于戏剧表演。左翼戏剧强调参与则是为了唤起被压迫人群的觉醒,激发其改造世界的行动,其目的是社会政治性的。

独幕剧这一体裁形式在很多方面契合了左翼戏剧的需求。独幕剧是一种能及时、迅速反映现实、时代需要的艺术形式。正如李健吾所说:"独幕剧是个轻骑兵,它不但反应迅速,而且配合战斗,有意想不到的结果。"① 独幕剧的体裁优势,短小精悍和迅速反映现实生活,在特殊时期被赋予配合革命斗争的战斗性,充分发挥了戏剧的教育作用。正如维什涅夫斯卡雅在《略论苏联独幕剧的发展和现状》中谈道:

> 锋利的政治宣传剧和深刻的哲学剧、轻松的笑剧和心理的正剧、简短生动的对话和民间场景——所有这些都是我们戏剧创作中这个群众性的灵活自如的类别——独幕剧所能够做到的。无论是及时而中肯地回答当前最迫切的问题,还是永久地反映时代的本质,无论是帮助党迅速动员工人和农民来粉碎敌人,还是分析建设新生活的人们的细致微妙的内心经历——所有这一切,也都是独幕剧——这个热情充沛的鼓动者和思想深邃的生活教师所能够做到的事情……它是革命的助手和鼓动者,是向敌人作斗争的武器,是培养广大劳动人民新思想的教育者……独幕剧始终是站在我国文学的最前哨的,它在人民命运大转变的日子里,在国内生活大变革的历史

---

① 李健吾:《提倡独幕剧》,《人民日报》1982年3月26日。

年代里，始终具有特别强大的效能和生动而智慧的力量。①

独幕剧这一形式也有局限性，体量的短小必然在反映生活的广度上有所局限，但是它的取材方式能让观众在描写的片段中，感知时代脉搏的跳动与生活的丰富多样。

另外，独幕剧的体裁优势还在于舞台演出方面，能迅速反映现实，从剧作写作上看，比多幕剧构思简单，剧本短小，容易完成。演出准备上，排练相对容易，对于演出场地要求不高，道具、服装等比较简单，剧团行动起来比较方便，能适应高强度的巡回演出，并且专业、业余剧团都能驾驭，随时随地根据现实需要都可投入战斗，特别是在文化水平不高的地域，对于不识字的群众，独幕剧的演出更通俗易懂，带有普及性作用，更具民众性。比如1931年集体创作的街头剧独幕剧《放下你的鞭子》，作为街头剧的演出，不需要复杂的舞台道具，直接在群众中演出，带有极强的宣传鼓动性。

独幕剧这些与生俱来的优势使其在左翼戏剧中脱颖而出，左翼思潮也将独幕剧的影响范围由原来的欧洲拓展到亚、非、美等大洲，在一定程度上独幕剧起到戏剧走向大众的作用。左翼思潮影响下的独幕剧，它所承担的启蒙意识和革命任务在那个特殊的年代更被看重，民众是否理解并接受其所传达的启蒙思想、认同并承担起其所宣传的革命使命成为是否成功的一条重要标准。

---

① ［苏联］维什涅夫斯卡雅：《略论苏联独幕剧的发展和现状》，宋白节译，《剧本》1958年第1期。

三、"独幕"形式意义及独幕剧的构造

(一)"独幕"的形式意义

欧洲传统戏剧的剧本大多是五幕,比如莎士比亚的大部分剧作是五幕剧,后来由于五幕的形式太过于烦琐,出现了三幕的剧作分幕方法。五幕剧和三幕剧是欧洲传统戏剧最普遍的分幕形式,无论五幕剧还是三幕剧,都是奇数结构的分幕形式。这种形式的最大优点在于戏剧剧本容易产生结构匀称、高潮居中的效果。

改变传统戏剧奇数结构形态的剧作家是契诃夫,他把多幕剧写成四幕剧,比如《樱桃园》《三姐妹》《万尼亚舅舅》都为四幕剧。五幕、三幕与四幕并不是简单地多一幕少一幕的关系,这是契诃夫对于戏剧性产生了新的认知,他的戏剧事件比较平凡化、生活化,对戏剧的高潮点不再刻意追求。如同奇数结构五幕剧到三幕剧的简化,偶数结构的四幕剧后来也简化为两幕剧。两幕剧的形式在现代戏剧中很是流行,比如,贝克特的《哦!美好的日子》和《等待戈多》都是两幕剧。所以此处大胆提出假设:从契诃夫开始的奇数型分幕结构——独幕剧,是关联着重新认识戏剧性的现代戏剧结构。施蛰存在《外国独幕剧选·引言》中说"现代独幕剧,从戏剧史的断代观点上说,一般都以俄罗斯作家契诃夫的第一个独幕剧《在公路上》为开始,这个剧本作于 1885 年"[①],所以,一幕剧的形式也正是戏剧形态的有益探索,这也赋予独幕剧先天的探索实验性。

---

① 施蛰存:《外国独幕剧选》(1),上海文艺出版社 1981 年版,第 4 页。

普希金曾说："独幕剧是戏剧研究的实验"。[①] 独幕剧是完全有条件起一个开路先锋和侦察兵的作用的。独幕剧具有篇幅少、格局小、时间短、人物简的特征，它以自己短小精悍的戏剧形式，进行有意义的探索。独幕剧能在剧院、剧场的大舞台演出，也能在没有舞台的场所如排练厅、观众休息厅、会场、仓库等处演出，对于演出的场所没有太高的要求，是一种最富现代色彩的戏剧样式。内容和形式的探索性，演出方式的实验性，意蕴的思辨性，使独幕剧在现代戏剧中具有引人注目的前卫地位。独幕剧的形式也有助于剧作家练笔，不少的剧作家就是从独幕剧的创作进入剧坛的。独幕剧对于熟悉和掌握戏剧规律，练习对生活素材的提取、剪裁，锻炼集中概括的能力，养成简约的习惯，培养驾驭文字的水平，以及训练在结构上把必要的人物关系和故事缘由的介绍及剧情的发展自然地结合起来的本领有很大的帮助。奥尼尔认为："独幕剧对于创造某种精神高尚、富有诗意的形象，对于描写大型剧本中难以始终保持的情绪来说是极好的手段。"[②] 他早期写了许多精彩的独幕剧之后，才去动手创作多幕剧的。

（二）独幕剧的构造

一种艺术形式区别于其他的艺术形式，在于它们彼此的构造不同。一种体裁形式区别于其他的体裁形式，也在于构造不同。决定一种艺术形式和一种体裁形式的特殊性在于构造。戏剧的故事情节是在真实的时空中展开的，是对空间和时间的双重占有，决定了戏剧的连缀时空构造系统具有相对稳定的态势。这个系统的基础构成是：在一个规定的空间和一个规定

---

① 曹禺:《曹禺全集》第5卷，花山文艺出版社1996年版，第314页。
② 同上书，第316页。

的时间之中，一个动作和一个反动作之间的一次性冲突，冲突的一个回合；或是一个动作的一次性展现。这个最短促的过程就是场面，场面是戏剧构造最基本的构成单位。场面的划分，一般依据于事件或动作的发展和变化，也有以人物的上下场为标志，因为人物的登场，会带来新的动作依据，而随着人物的离去，动作会暂告停歇。无论何时何地何种状况，一个场面绝对是一个"三一律"的运作。单个场面很难凝聚足够大的爆发力，戏剧以场面连缀的方式组合成更具规模的构造。

戏剧场面是戏剧情节的基本组成单位。构成一个场面的可能是一群人，也可能是一个人。也可以说，戏剧场面就是他（她）或他（她）们在一定时间、一定环境内进行活动构成的特定的生活画面（流动的画面）。

在一场（或一幕）戏中，随着人物的上场、下场，随着时间、地点的变化，场面不断转换，戏剧情节正是在场面的转换中不断发展的。

人物的动作构成场面，场面的转换，联接成一场（或一幕）戏，若干场戏构成全剧，一个剧本就是这样构成的。[1]

按这样的理解，戏剧的构造为：场面—幕（场）—全剧。场面并不直接构造一场或是一幕戏，在场面和幕（场）之间，还存在着一个构造组织——片段。于是，戏剧的构造组成：场面—片段—幕（场）—全剧。由若干场面构成一个片段；由若干片段构成一幕或一场戏；由若干幕（场）构成全剧。

场面是戏剧构造最基本的时空单位。场面一般不单个存在，需要和其他场面连缀，组合成更具规模的时空层次，戏剧是一个以场面为基本单位

---

[1] 谭霈生：《论戏剧性》，北京大学出版社1981年版，第168页。

的三级构造系统。

一级构造——片段，是几个相互间有一定关联的场面组合，时空容量相对扩大，能容纳一个阶段性情节，一个有前因后果解释和主题意义的叙述，具有局部的系统表现功能。

二级构造——幕（场），对于全剧，幕（场）是一个相对独立完整的时空单位，若干个阶段性情节融汇成一个复合情节系列，具有相对独立的表现功能。

三级构造——全剧，由若干幕或若干场构成一整出戏，是戏剧时空序列中最具规模的构造形态。

在戏剧的场面—片段—幕（场）—全剧的三级构造序列中，只有第三级构造是个完全独立的存在，它的形态是多幕（场）剧。二级构造——幕（场）从属于三级构造——全剧，一级构造——片段从属于二级构造——幕（场），一旦幕（场）获得独立的品格，那么，场面的二级构造即成为具有完全独立表现功能的品种——独幕剧。独幕剧与多幕剧相较，小在构造。（见图 1-1）

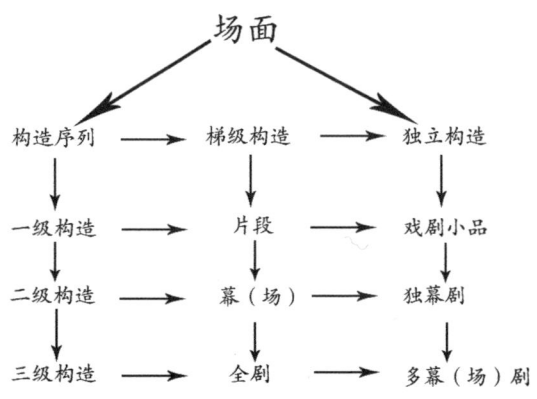

图 1-1 场面的三级构造系统

四、独幕剧的发展趋势

目前，独幕剧仅仅成为书籍阅读和艺术院校教学演出的对象，施蛰存曾预言，"'独幕剧'也即将成为一个戏剧史上的名词，今后不可能再有标为'独幕剧'的剧种。"[①] 但是，科学技术日益先进的同时，各种艺术之间，如戏剧与电影在表现手法上互相渗透、影响与借鉴的现象也越来越多，特别是20世纪80年代以来，戏剧早已经打破了"幕"的条框，采取了从头到尾不关闭大幕，这些戏剧看上去虽然也是独幕，但人物的心理空间在单一的物理空间中得到多方面、多角度的展现，其戏剧容量突破了独幕剧形式的制约，这类戏剧吸收了许多电影的手法，称为"无场次话剧"或"多场景剧"。

观众看上去独幕剧与无场次话剧都是没有明显的换场，一次演完的，但是还是有所区别的。现代意义上的独幕剧产生在19世纪末，无场次话剧是当代出现的一种新的戏剧写作方法和演出形式，即剧作者突破或不受戏剧时间与空间的限制，将剧情分成若干个大、小段落，按顺序演出时，地点、剧情转换之间没有明显的落幕开幕，而是利用舞台灯光的转暗、变幻、调度等手段，控制舞台空间，显示环境的变化与特征，以代替开关幕和笨重的布景，完成剧情中的场地、时间、道具、人物以及服装等的变换，一气呵成，直至大幕关闭为止。无场次转换还可以利用人物的旁白作为解说吸引观众的注意力，而后场工作人员则紧张有序地完成道具、布景的切换，使观众觉察不到场次之分，使得剧情更紧凑。这与独幕剧受时间、空间的

---

① 施蛰存：《外国独幕剧选》(5)，上海文艺出版社1992年版，第562页。

严格限制是不同的。在一定程度上，无场次话剧是现代戏剧的发展方向。

较早被大家熟知的无场次话剧为高行健的《绝对信号》，此剧大胆地使用戏曲自由的时空观念。在戏剧形式的革新上，将心理时空与现实场景交织在一起，一概外化为分明可见的舞台动作，有形的间隔被完全消解，外在的形体表演与内心的活动融合在一起。大型话剧《九一三事件》《公正舆论》《灵与肉》等戏剧作品就是这样处理的。不过，虽然它们不叫"几幕几场"，但它们的戏剧矛盾与戏剧情节，还不可避免的是要分层次、分段落的，只不过不用幕，而改用灯光等舞台手段代替并发展而已。多幕（场）剧如此，有些独幕剧，也力图打破时间、空间的限制，延长的演出时间内，正面实写几年中发生的事件，地点也换了几处，充实戏剧内容。

第三节　独幕剧与其他小型戏剧体裁辨析

独幕剧最终成为一种独立的戏剧体裁，其成功的重要原因是体裁的规范性。这是一体裁区别其他体裁的依据和标识。要把握独幕剧的内在属性，首先要明确独幕剧与其他小型戏剧的不同点。

一、独幕剧与折子戏

独幕剧与折子戏都是一种短小的戏剧体裁，同属于小型戏剧的范畴，在形式上都具有短小、情节不复杂、有一定的"戏剧"性的特点。但是独幕剧诞生于西方，中国传统戏剧中没有现代意义上的独幕剧。独幕剧与折子戏各有其独特的个性。

折子戏是中国戏曲特有的一种演出方式。"折"在元杂剧中就出现了，当时一部完整的戏曲为"一本四折加一楔子"。"折"是包含南戏和传奇的"出"，及杂剧的"折"的一个泛称。折子戏兴起于明末清初，由于当时盛行的传奇作品松散冗长，一部剧常常需要演几天，此时出现从全本戏中摘取精彩的单折来演，这就是折子戏。中国传统戏曲中有不少精彩的折子戏，比如，京剧中整本戏《红鬃烈马》，是由若干折组成——《花园赠金》《彩楼配》《三击掌》《平贵别窑》《误卯三打》《赶三关》《探寒窑》《鸿雁捎书》《武家坡》《算军粮》《银空山》《大登殿》，其中最常演出的一出折子戏是《武家坡》。《牡丹亭》是整本戏，其中的经常演出的折子戏有《游园惊梦》《春香闹学》《拾画叫画》等。

折子戏是整本戏中的一段，通常是选取戏曲之中剧情高潮部分，这一折之中，剧情相对集中，情节虽不是很完整，但是也能自成片段，唱段好听，经过舞台上不断地补充修饰，变成了一折折完整的小戏曲，使观众可以在较短的时间之内，欣赏到戏剧的最精彩部分。折子戏的行动不一定完整，并不"独立"，与独幕剧的体裁相差甚远。折子戏的形式具有以下特征：第一，时空自由。这个特征是戏曲艺术时空普遍的特征，这根基于传统戏曲的舞台自由的时空观——点线性结构形式。第二，特技表演是折子戏的一大特色，欣赏其中精彩的唱、念、做、打的部分。虽然折子戏的故事不完整，没头没尾，只是全本戏中的一个"片段"，但是观众的注意力并不在其故事性，而在于欣赏演员的"特技"，并不会造成观众的欣赏障碍。折子戏在表演上形成的"相对独立性"演出单元，是建立在观众对全本戏情节熟悉的基础之上，观众的关注点在于舞台展示。这种有条件的"独立"这与有头有尾、故事完整的独幕剧相差甚远。

第一章 独幕剧体裁的自觉

独幕剧虽然只有一幕，但并不是多幕剧中的一幕，它是在独立的一幕中要表现一个完整的动作，形式上要求"独立的一幕"，内容上要求"一个完整的动作"①。由于独幕剧只有一幕，容量不大，表现生活中的简短的片段，就一般的独幕剧而言，故事发生的时间比较短暂，但是它同样应当是起伏跌宕，错落有致，有矛盾，有斗争，有开端、发展、高潮和结局，甚至要有大起大落。犹如麻雀虽小，五脏应该俱全。同样，也应该要求有元代乔吉所言"凤头、猪肚、豹尾"的戏剧结构。韦尔特在其《独幕剧的艺术技巧》中说："一部好的独幕剧可以用以下简单的话概括起来：戏的开场是抓住兴趣，戏的发展是增加兴趣，转机或高潮是提高兴趣，戏的结束是满足兴趣。"② 只有一千多字的独幕剧《回声》，也是有头、有身、有尾，十分完整。它的第一句台词是这样的：

大　郎　（五六岁，高高兴兴地跳出来）真高兴！真高兴！妈妈叫干的活儿都干完啦，这回光剩下玩啦。
　　　　高高兴兴地，这儿那儿地跑跳着。

这可以算作是全剧的交代，它描写了大郎在完成大人交给的任务后的一种轻松愉快的心情，为他下面喊出"万岁"做了情绪上的准备。紧接第二句台词即大郎面对山崖喊出"万岁！万岁"之后，山那边立即响起了回声："万岁！万岁！"孩子的幼稚与客观事物的复杂性发生了矛盾。他面临"回声"这种物理现象，感到吃惊，奇怪地思索："这是谁呀？……你是谁

---

①［古希腊］亚里士多德：《诗学》，罗念生译，人民文学出版社1982年版，第25页。

② 顾仲彝：《编剧理论与技巧》，中国戏剧出版社1981年版，第186页。

呀！"问题提出来了，这可以说是戏的开端。再往下，是戏的发展，这个部分进行得很快，只用了二十几句"对话"，就把大郎与陌生的回声之间的关系推进到"你！小狗"——"你！小狗"的尖锐境地。到大郎又伤心又着急地向妈妈（她此时正好从窗户内探头出来）诉说："妈妈！山那边有个坏孩子，净这个那个的学我"时可以说戏就到了"高潮"。然后，在妈妈循循善诱地启发下，孩子改用文明礼貌的语言向山崖喊："别生气啦！刚才我不对啦！咱俩做朋友吧！"这时，戏就"转"了。最后大郎向山崖说"再见"时，矛盾就解决了。全剧最后一句台词，不妨可以理解为"点题"——妈妈说："嗯，你看是不？你跟人家好好的，人家也和和气气吧？可得好好记住点。"

二、独幕剧与戏剧小品

在戏剧的发展史上，小型戏剧经历了觉醒、完善、自成体系三个阶段。19世纪末，独幕剧体裁的自觉，从此独幕剧不再是多幕剧演出的附庸。第二次是20世纪末戏剧小品的崛起，戏剧小品从独幕剧中独立出来，成为戏剧最为简短的存在方式。独幕剧是兴盛于工业革命时代的小型戏剧样式，戏剧小品是流行于信息爆炸时代的小型戏剧样式。以前，一般都把戏剧小品归入独幕剧，或称为微型独幕剧和微型戏剧。

戏剧小品主要在会堂、咖啡馆、学校、酒吧等，成为各种晚会和文化娱乐的压轴节目。最早戏剧小品来自戏剧舞台，但真正的走进千家万户，离不开现代大众传播媒体——电视。戏剧小品主要是娱乐百姓，广泛存在于民间，这决定了其演出的非职业化和普遍的群众参与性，带有喜剧性和世俗性的特点。戏剧小品是大众百姓自我娱乐的一种方式，是一种绝对平民化的艺术。戏剧小品相较于独幕剧更具有"俗"的气息。戏剧小品一般取材于社会百态，贴近生活的凡人小事，五行八作、三教九流都可登上舞台，原来熟视无睹、习以为常的事物，原本不屑一顾的陪衬性角色都是戏剧小品的表现对象。切合时代脉搏、针砭时弊与寻常百姓"现时性"情感作同步反馈、息息相关。观众观看戏剧小品更多是感悟生活，追求真实是戏剧小品的审美追求和价值取向。目前，在戏剧发展的瓶颈期，戏剧小品依旧拥有庞大的观众群。

独幕剧和戏剧小品都是相对于多幕剧而独立存在的小型戏剧样式，既是语言艺术又是舞台艺术，以对白性表演为主要特征，都具有内容短小、情节简单，具有"戏剧"性或者"喜剧"性的特征。

戏剧小品基本上与生活保持同步，就如生活本身所表现出来的那样，在生活中发生的一个小事件的时间长度，同在舞台上表现出来的差不多。独幕剧相当于因果律中的"因"的部分被强力塞入"果"的部分，造成了戏剧空间与戏剧内容的极大不对称性，从而产生了一股急骤向外扩展的张力，要浓缩、集中更多的生活素材，进而加工、拼接、融合，着力表现高潮部分。独幕剧的剧情紧凑，人物较少，时间短促，地点单一，所以全剧只能有一个高潮。这是指大的高潮。同时，在人物动作发展的过程中，还要有小的高潮，即分段落的、不同程度的小高潮。实际上，每个大高潮当中，都包含着若干个小高潮，没有小高潮，就无法形成大高潮。

日本菊池宽的独幕剧《父归》，剧作的真正冲突和高潮发生在"父亲归家"的那一刻，这是"情理斗争"的最精彩一刻。为了使冲突和高潮顺理成章地迅速展示，在剧作的前半部分，作了耐心细致而有层次的"预设"和"铺垫"。"预设"和"铺垫"安排了三个层次，将父亲出现前即已存在的父子矛盾展现。

第一层次，即剧中的第一个场面。这是在大家都不知晓父亲可能"归家"的情况下，表现大儿子黑田贤一郎对父亲的态度。剧作以母亲和大儿子在家里谈论女儿阿种的婚事引出父亲之事。母亲语言中第一次提及父亲，贤一郎以沉默回应，舞台指示为"似乎唤起了不愉快的记忆沉默着"；母亲第二次提及，贤一郎依然不愿谈论，不接母亲的话题，转而其他的话题；第三次母亲再提及父亲时，贤一郎干脆冲了母亲一句："谈这些老话，可有什么用。"这一场面中的三个回合，非常清楚地表现了贤一郎对父亲的"痛恨"。

第二层次，即剧中的第二个场面。新二郎回家，带出听到别人说，在某处看到了父亲。相对于第一场面，如果说前面还只是在"虚无"中展现父与子的矛盾，这时父亲的影子开始走近了。贤一郎和母亲皆非常吃惊，就在大家都想弄清楚那人到底是不是父亲时，贤一郎就清楚地发出了"不过，可不能叫父亲进咱们的家门"的话。

第三层次是阿种上场说"家门对面有一个老人，瞪着眼睛直往咱们家大门口瞧"。看来父亲真的要来了，而这时贤一郎的态度是嘴里"哼哼……"两字。铺垫也是造势。就是在人物一次又一次的上场，带出一个又一个新的消息中，将情节推进，将戏剧冲突这根弦一点一点抽紧，形成了"山雨欲来风满楼"之势。在这三个层次的铺垫中，也把一家人对"父亲"的态度通过"对比"的形式表现了出来。尤其是母亲和贤一郎的态度，为后面全剧最重要的一个必须场面做了准备。

父亲上场，带来家人之间正面的冲突。这是剧作家精心设计的一个场面，其写作的细腻风格在这一场面中同样得到体现。这一场面的整体构思为"先抑后扬"。父亲进门，母亲和新二郎、阿种似并无太大的反感，贤一郎一声不响。父亲的感觉有些好了起来，甚至主动向贤一郎"发难"，要贤一郎为他斟一杯酒,他再三提示贤一郎,贤一郎却只当没有听见,父亲只好转而让新二郎斟酒,这时贤一郎再也忍不住了,开口坚决反对,于是一场"父与子"的战斗拉开序幕。

"父与子"战斗打响后,剧作家巧妙地避开了母亲的直接参与,同时也没有让父亲和儿子始终面对面地冲突。取而代之以新二郎的参与,他劝说哥哥,造成兄弟俩人的矛盾。这里直接表现的是兄弟矛盾,间接写的同样是"父子"矛盾。"理"亏的父亲终于觉得没有脸面在家里待下去,决定还是走。

剧作的细腻在于,设计了父亲从大门口向下走去时,绊了一跤这一动作细节。由此引出了他的最后一段话,这段话讲的不再是"理"而是"情",一个忏悔的老人内心的真实想法,让人听了有些心酸。这段话为贤一郎态度的转变也做了铺垫。

剧作家胡可曾说过"独幕剧是这样一种形式,它从纠葛的紧要关头开场,让观众看那最能显示人物性格的最有'戏'的部分,让观众看那人物关系急速调整的一刹那。那是赌徒的摊牌,是垂危者的获救,是球赛最后一分钟出现的平局,是难产中婴儿的呱呱坠地,是证据齐备后的突然逮捕"[①]。戏剧小品则比独幕剧更接近生活,更自然,只要将具体事物的"一面"表现得活灵活现即可,更多强调幽默性,在幽默中透出深思,语言更具趣味性,更像是"生活中的漫画"。戏剧小品同独幕剧最大的区别还是在构造上(图1—1)。戏剧小品是戏剧的一级构造——片段的独立形态,是一个片段的戏剧,在戏剧形态中有它固定的位置。

独幕剧的出现、发展是由多方面的因素促成的。这里的"独幕"一词

---

① 胡可:《习剧笔记》,解放军文艺出版社1962年版,第65页。

并不仅仅是对其戏剧特点的描述，而且具有强烈的"区别"色彩，抑或是一种反叛和革新。从戏剧自身发展规律上来看，独幕剧的兴盛与人类认识角度的转变和认识水平的提高有直接的关系，在导演、表演、戏剧文学、戏剧美学观念、舞台空间造型、剧场空间观念等一系列问题上，独幕剧鲜明的体裁特征决定了它在戏剧发展进程中的独特作用，其美学特点则在于它的先锋性和实验性，不仅在戏剧思想上具有前瞻性，在表现手法上具有新锐性，所以，一些具有探索意义的现代主义戏剧，如梅特林克的象征主义戏剧、斯特林堡的表现主义戏剧、尤奈斯库的荒诞派戏剧等就是从独幕剧的戏剧实验中脱颖而出，风靡世界的。在戏剧变革时期，相对于多幕剧，独幕剧是"轻文体"，更易于实现艺术实验和探索的诉求。独幕剧的实验性体现在对传统戏剧的反叛，分幕分场是传统戏剧外部结构的表现方式，独幕剧对分幕分场形式的反叛。独幕剧是伴随着戏剧改革而出现的，从根本上说，它从属于探索戏剧、实验戏剧的范畴。独幕剧不在于演出空间较传统大剧场缩小，而体现着一种新的美学追求，它始终致力于营造一种新的、区别于传统多幕剧的戏剧情境、戏剧氛围，具有对传统多幕剧内容及体制的反叛。同时独幕剧的体裁具有很强的戏剧性，具有很强的技术含量和无法轻视艺术价值。独幕剧的实质即是它这种不断求新求变的创新意识。所以，对独幕剧进行一番深入探讨就十分必要了。

第二章　独幕剧文本"故事"的叙事特征

经典叙事学中将叙事文本划分为"故事"和"话语"两个层面，用来区别叙事作品的内容和表达。这里所说的"故事"和我们日常生活中说的文学故事是不同的，它是指按照一定逻辑顺序安排的事件或内容（What）。"话语"是事件或内容的表达方式（How）。

本章节主要对独幕剧"故事"，即叙事文本的内容，进行叙事特征的研究。依据美国叙事学家西蒙·查特曼对叙事文本划分，包括事件和实存两个基本要素，从这两个要素入手，以期全面的总结独幕剧文本"故事"的叙事特征。

第一节　故事事件

事件"所指的就是一件所做或所发生的事，它引起状况的变化"[①]。事件具有明显的过程性，强调的是一个状态到另一个状态的改变。提到事件就必须引进一个很重要的概念"功能"，俄国普洛普在《故事形态学》中提出"功能"这一概念，他认为"功能"是"故事中主要人物对情节发展有意义

---

① 谭君强:《叙事理论与审美文化》，中国社会科学出版社2009年版，第13页。

的行动"①。该说法又让功能对应事件中的行动,因此可见构成故事的最小单位就是功能。三个功能即可构成一个序列。序列通过一定的规则组合成事件。在这部分中将从功能、序列和事件三个部分逐层深入,以求全面地分析独幕剧的故事事件。

一、叙事功能

功能是构成故事的最小元素、最小单位。普洛普认为俄国民间故事尽管纷繁复杂、形态各异,但是故事中的人物的功能作为故事的基本要素是不变的。普洛普所说的"功能"即故事中主要人物对情节发展有意义的行动。对普洛普来说,功能构成了任何俄国童话深层结构的基本成分,而且,没有一个功能排除其他任何一个功能,它们当中的许多可以出现在一个单个的童话故事中,而且是以一种同样的顺序出现的。普洛普比较了以下事件。

①国王给了英雄一只鹰,这只鹰把英雄带到了另一个国度。
②老人给了舒申科一匹马,这匹马把舒申科带到了另一个国家。
③巫师给了伊凡一只小船,小船载着伊凡到了另一个国度。
④公主给了伊凡一个指环,从指环中出现的青年把伊凡带到了另一个国家。②

---

① 谭君强:《叙事理论与审美文化》,中国社会科学出版社2009年版,第13页。
② 叶舒宪:《结构主义神话学》(增订版),陕西师范大学出版社2011年版,第4—5页。

第二章 独幕剧文本"故事"的叙事特征

在上述4个事件中,可变的成分和不变的成分都已显现出来。变化的是登场人物的名字,以及每个人的特征,但行动和功能却都没有变。就是某人凭借从另一个人手中获得的某样东西到达另一个国家,就是A给了B一个C,C把B带到D处。尽管在不同的情况下事件参与者的身份可以发生变化,但这一最终目的并未因行为者的不同而出现变化,不同的人物所做出的相同行为,对事件的发展有着相同的效果。由此可以得出如下推论:在民间故事中经常会让不同的人物做同样的行动。这一著名论断对现代叙事学具有非常重要的启示意义。美国叙事学家伯格指出:"只要做些微改变,普洛普从童话故事中所总结提出的这些功能同样也适用于(各种样式的)现代叙事。"[1] 所以,这些类似的功能在独幕剧中也存在。

独幕剧作品的"功能"常肩负着推进情节发展的任务。独幕剧的功能连续性极强,功能与功能之间的因果、顺承、转折关系的展现也更明显。由于人物设置与功能之间有着内在的联系,独幕剧的叙事功能稍显逊色。由于独幕剧的数量巨大,样本情况复杂,对其所有的功能进行分类是很困难的。本书从独幕剧叙事文本的典型性出发,选取1885—1980年间,中西不同类型的独幕剧共245部(作品表见附录),试图归纳独幕剧的主要功能,发掘独幕剧在功能设置上的共性。

表2-1 独幕剧叙事功能类型比重表

常见功能类型	比重(%)	对该功能的解释
生活	18	人物日常生活中喝茶、倒水等动作状态
障碍	9	对故事发展产生阻碍的动作,如质疑、拒绝、反对

---

[1] [美]阿瑟·阿萨·伯格:《通俗文化、媒介和日常生活中的叙事》,姚媛译,南京大学出版社2006年版,第17页。

续表

常见功能类型	比重（%）	对该功能的解释
争执	10	人物之间的冲突矛盾动作
相遇	4	人物与人物之间的遇见动作
挑战	3	人物尝试难度事物的动作
坚持	6	人物对于状态或动作的保持
寻找	5	人物对于事物或人类的寻找性动作
展示	6	人物有意识地在人物面前表现自我
想象	2	人物对事件的幻想
讲述	20	人物述说自己的想法观点
工作	4	人物工作状态下的动作

由表 2-1 可见，生活和讲述是事件功能中最主要的两种类型，其次是障碍、争执。无论是生活和讲述，还是障碍与争执都是日常生活中常见的动作或状态。独幕剧的叙事功能主要是小动作，聚焦于日常生活中的小事，决定了独幕剧的叙事手法平易近人、贴近生活。因此，独幕剧的叙事功能主要是"小功能"。功能是故事事件中的最小单位，功能的相互连接构成高一级的序列。

二、叙事序列

布雷蒙从语言学的规律和形态学的过程总结出叙事学的叙事序列。正像句子始终有自己的序列，叙事也有自己的序列。句子有简单句和复合句之分，叙事也可分为基本序列和复合序列。

基本序列是指"三个功能一经组合便可产生基本序列"①。这三个功能是：

第一个功能是作为将要产生变化的人（物或事）出现。正如在句子中，有了主语，就意味着要关系到什么，或陈述主语，或提问主语，或肯定主语；人（物或事）出现总意味着有了新情况。从本质上说，就是情况的形成，表示可能发生的变化。

第二个功能是主人公行动。正如在句子中有了主语一定要有谓语，以新情况的形成为条件而出现的主人公，面对新情况，必然采取行动。从本质上说，就是：进行中的行动，对第一个功能施加一个动作，使前一功能中的潜在的变化成为现实。

第三个功能是完成行动，取得结果，达到目的。正如一个完整的句子，主、谓、宾都得到呈现。从本质上说，就是在形式上取得结果，结束变化。

这三个功能之间有着严密的逻辑关系，构成一个完整的叙事整体。简而言之，这三个功能可以被看作潜在起因、中间过程、最终结果。而基本序列则可以简单写为"起因—经过—结果"的链状过程。比如：我想他了（潜在起因，可能发生的变化）—我给他打电话（中间经过，对潜在可能施加的动作）—他接电话了（取得结果）。

简单序列就像简单句中只有主、谓、宾，是把握叙事结构中最基本的提纲挈领的序列，在此基础上进行各种变化，就构成叙事的复合序列，正如简单句变成复合句。复合序列呈现出链状、嵌入、并列三种复杂形式。

独幕剧的体裁具有篇幅短小，内容精练的特点，决定了独幕剧的序列在数量上较少，为了在短时间内增加艺术效果，它在序列的设置安排上更

---

① 谭君强：《叙事理论与审美文化》，中国社会科学出版社2002年版，第17页。

用心，呈现出一定的复杂性，序列结构多以复合序列的形式出现。

（一）链式序列

链式序列在是两个或两个以上的叙事序列前后连接，第一个序列的最后一个功能是第二个序列的第一个功能，即一个序列的结尾是另一个序列的开头。（见图 2-1）

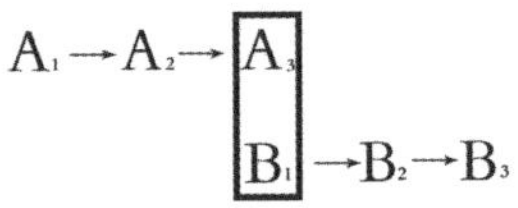

$$A_1 \to A_2 \to \boxed{\begin{array}{c} A_3 \\ B_1 \end{array}} \to B_2 \to B_3$$

图 2-1 链式序列

链式序列被大量剧情类的独幕剧所采用。比如，苏联剧作家 Y. 雅鲁纳尔的独幕剧《破旧的别墅》，写工程师安德列夫有一天收到一封陌生人的来信，写信人声称是母亲的朋友，有关于母亲的消息要告诉他，他携枪应约前往，不料这个女人是德国女间谍，意在夺取安德列夫手中的重要文件。安德列夫与之进行机智的周旋，在从她口中套出其他特务的信息后，他告诉她，自己并不是工程师安德列夫，而是一直追踪着这个女间谍的内政委员会的阿诺兴。这出戏事件很简单，但高明的作者把它处理得扑朔迷离，引人入胜。随着那把极其重要的道具——枪的归属，两个人间的冲突情势时时发生着扣人心弦的变化，也许正因如此，作者在剧中才用"他""她"来指代男女主人公，以突出这种变化的不确定性。

第一序列，在剧刚开始，两个人初见时，剧中的"他"是安德列夫，"她"则是安德列夫母亲的朋友，一个女演员，此时，枪在安德列夫手里，"他"和"她"之间是普通陌生人之间友好亲切的关系。可当"她"提出一个要求，要拿那枪看看，"他"居然答应了。

第二章　独幕剧文本"故事"的叙事特征

她　那么,你把手枪给我瞧瞧看。请你把它给我放在手里拿拿看。

他　好吧。看没有经验的人手里怎样第一次拿着枪,倒是很有趣味的。

她　这一定很可笑的……尤其是胆小的人拿。你的枪是什么式的?

他　白朗宁。拿去吧,(交手枪)可是不要碰枪机啊。

不过,接下来冲突情势就发生了变化,出现一个让剧中人与观众同时为之惊愕的场面。

她　(很不坚决地接了手枪)真可怕。(短时的哑场。她突然迅速地站起来,严厉地)现在我们来谈点正经话吧。

他　什么?

她　玩够了。坐在原地方,不要动。(拿手枪对住他)

可以看出,自从枪转到"她"手中,两人之前的关系发生急剧转变,由原先力量均等,变为一强一弱,"她"成了个要拿钱收买"他"的人,用枪威逼"他"的人。冲突情势突然紧张起来,"他"处在危险之中!这是第一次"变化"。

第二序列,"变化"发生在"他"把枪夺回之后。安德列夫虚晃一招,用心理战术让对方转过身去,然后顺利夺过了枪。冲突情势又发生了变化,人物的身份和关系又回到原来的状态。"他"现在处于强势,而"她"处在劣势。这时,观众发现,"她"不是女间谍,只是个演员,她刚才是在演戏。紧张的气氛又缓和下来,原来是一场玩笑。随后出现的那封母亲亲笔写的信,更加证明"她"所言非妄。冲突情势比开始时更多了一种祥和欢乐。可是在这时,"她"又提出了拿枪的要求,并且顺利地抢到了枪。

这又导致了冲突情势的第三序列"变化"。

他 （叫喊）安娜，贝尔多丽陀夫娜！
她 （命令地叫喊）举起手来！举起来，否则我要开枪了。①

"她"重新占了上风，而且这次似乎"他"不会再有机会夺回枪。"她"坦白了自己的身份，是德国的女间谍，要"他"合作，否则开枪。冲突情势到此可以说是紧张到了极点，但似乎很快进入强弩之末。观众在经过片刻紧张后，不免开始替"他"惋惜。

就在这种情况下，第四序列"变化"又发生了，它使得似乎已成定局的胜败再次扭转：原来"他"就是一直追捕"她"的阿诺兴，"她"手里的枪没有子弹，而且"他"抢"她"的枪是为了假戏真做，消除"她"的疑心，这一场强中自有强中手的较量到此结束。可见，链式序列显示出了几个简单序列之间的严密逻辑，它的效应有如多米诺骨牌一般，环环相扣。

链式序列对于传统戏剧的叙事模式进行了有力的冲击，亚里士多德在《诗学》中强调戏剧应有头、有身、有尾，是一个有机整体，戏剧行动（情节）应具有整一性，竭力主张把戏剧作品中纷繁复杂的叙事情节锤炼成"一个完整的行动"。当然亚里士多德在这里不是指一个具体的行动，也不是指个孤立的举止，而是指戏剧在叙事上极为完整、紧凑、合理的一系列行动。而链式序列其中每一序列都有新的情境，每一序列都有戏剧的矛盾和悬念，但是这些矛盾都是在本序列中从发生、发展到解决，使每序列都能成为一个独立的叙事单位。

---

① 中国戏剧家协会湖南分会：《外国独幕剧选》，湖南人民出版社1980年版，第453—463页。

（二）嵌入式序列

嵌入式序列是指一个序列尚未完成，正在进行中，就将另一条序列插入这一条序列之中，这个序列的插入，正是前一个序列得以完成的条件，两条序列的补充、对比。即将一个序列插入到另一序列中。（见图2-2）

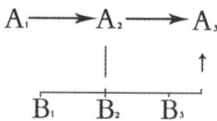

图2-2 嵌入式序列

嵌入式序列在古希腊悲剧中就存在了，以《俄狄浦斯王》为例，阐释嵌入式序列的基本组成。俄狄浦斯王的父亲得到神谕，儿子以后会杀父娶母，父亲企图避免这个灾祸，将儿子送走，但结果还是难逃命运的安排。在企图避免和最终结局这两个功能之中插入了企图丢弃儿子，将儿子丢弃在山上，儿子被人收养这三个功能。（见图2-3）

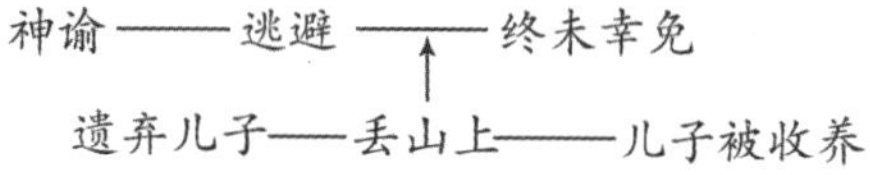

```
神谕——逃避——→终未幸免
          ↑
    遗弃儿子——丢山上——儿子被收养
```

图2-3 《俄狄浦斯王》嵌入式序列结构图

在独幕剧中也存在着类似的嵌入式序列，比如，在菊池宽的独幕剧《父归》幕启时，正好消息传来，有人看见父亲在附近街头流浪，家中4人正在吃饭时，父亲来叩门，闯了进来。一切往事都是用回忆方式补叙出来，嵌入其中。但家中4人没有一个不知道父亲荒唐在外遗弃家庭的事，那么谁来问谁来答呢？剧作家非常巧妙地利用哥哥和家人的冲突来追述父亲的往事，他愤怒地说，父亲过去怎样怎样荒唐，怎样把全家抛弃不顾死活，

"难道你们忘记了吗?"他每追述一件往事,就激动得声嘶力竭地哭诉他父亲的罪状。由此可见,独幕剧中的嵌入式序列多成为后来事件的契机,它成为前一条序列的细节。

在独幕剧中使用嵌入式序列不仅仅是为了补充和对比,更多是扩展叙事层次,有更复杂的叙事学含义。比如爱德华·阿尔比的独幕剧《动物园的故事》中有段独白式的叙述,杰利给其命名为《杰利和狗的故事》,这段独白在表演中为10分钟,全剧的演出时长为40分钟,这段独白的字数占全剧总字数的五分之一。从内容上看,是整部作品戏剧冲突和人物心理的转折点,在这段故事之前,杰利与彼得完全处于不可沟通的两端,彼得对于杰利所描述的生活状况和精神状态,要么无法理解,要么试图根据自己的生活法则,给杰利提出一些陈词滥调般的建议。但在讲完这段故事后,舞台指示明确指出彼得"现在几乎是眼泪汪汪了"[1],他不想再听下去,想要离开,迫使杰利不得不采取进一步的行动来阻止他的逃避,这段嵌入式序列成为杰利与彼得实现沟通的重要转折点,并不是可有可无的部分;从形式上看,《杰利和狗的故事》运用的是大段的人物独白,之前之后都是对话的形式,这个序列在和谐的语境中显示着不和谐,但是这一嵌入式序列有其独特的叙事价值,不但增加了剧作的层次,而且在主题上相影射,人与人的关系就像杰利与狗一样,不管怎样努力,彼此之间总是存在着重重危机与矛盾,难以沟通并和谐共处。在文明的掩盖下,人们仍然具有动物的本性,一旦维持其社会关系的距离被打破,他们就会像冲破铁笼的野兽一样互相搏斗。两个叙述序列形成类比互补的关系;在《杰利和狗的故事》

---

[1] 中国戏剧家协会湖南分会选编:《外国独幕剧选》,湖南人民出版社1981年版,第567页。

序列中运用独白的叙述方式,有利于打破舞台时空的限制,将时间和空间在叙事中得到拓展;在全剧中杰利不仅仅是故事的主角,并且在这序列中还担负着叙述者这一功能性角色,叙事者出场,改变戏剧"正在进行"的叙事观念,戏剧不再是传统意义上的模仿艺术,而成了真正的叙事艺术。

(三)并列式序列

并列式序列是一个故事中包含着两个对立的主体,双方各用自己的立场、观点、信念来看待自己面对和卷入的行动。从而,同一事件,在一方看来是向好的方向发展;在另一方看来,就是在向坏的方面发展。即同一层次的序列借一个相似点进行平行链接。(见图2-4)

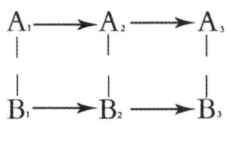

图 2-4 并列式序列

从形式上来说,并列式序列可以用于善恶对立的双方,也可以用于价值中立的双方。比如,希腊悲剧《安提戈涅》就运用了并列式序列。安提戈涅的两位哥哥厄忒俄克勒斯和波吕尼克斯为争夺王位开战。代理国王克瑞翁从国家的观念出发,下令不许埋葬波吕尼克斯的尸体,因为他是国家的敌人。安提戈涅却从家庭的观念出发,不愿让亲人暴尸荒野。当安提戈涅毅然出去收尸安葬时,对她来说是维护亲情的好事,对克瑞翁来说,却是违犯国法的坏事。同样,他对安提戈涅的处罚,对他来说,是有益于国法的好事,对安提戈涅来说,却是破坏亲情的坏事。并列式序列使得人们可以不断地从两个方面来思考问题,使一个事件的两面都得到了凸显。

在左翼思潮影响下的独幕剧更多运用并列式序列,比如,洪深的独幕剧《五奎桥》讲述的是久旱中用尽各种办法保苗、累得精疲力竭的农民出高价租来了"洋龙船"（机器抽水船），但是河道中横梗着低矮的"五奎桥"，船无法通过。农民要求拆掉这桥，然而这"五奎桥"是地主周乡绅家的私桥。为了显示乡绅的权威和保全周家的"风水"，他坚决不让农民拆桥，于是一场斗争便展开了。"五奎桥"成为阶级斗争、矛盾展开的中心，人物还未上场，劳苦农民以李全生为代表和封建势力以周乡绅为代表的矛盾焦点就已明确清晰。旱灾带来的荒年、贫困、饿死的惨痛现实迫使农民一致起来反抗，而周乡绅毒打农民的行为激起了农民的愤怒，使最后抛开了世代的迷信观念把"五奎桥"拆掉了。同样面对"五奎桥"由于双方的立场不同，看法完全不同。

从叙事序列的角度来看，受时长篇幅的控制独幕剧在序列的排列上更加复杂，这些复合序列的出现，使故事更为紧凑，呈现出层层递进的逻辑关系。在短时间（一幕）内展现出"小言大义"的特点。功能的组合形成序列，几个序列的连接成为事件。一个故事中的事件组合都是处于错综复杂的关系中，下面将从事件上去探索故事的形成。

三、叙事事件

故事是由一系列事件构成的。事件的特点在于它不是对于事物静止状态的描述，而是一种过程的表述。它是一件已经发生或将要发生的事，一个可以用动词来加以概括和说明的事，描述的是序列与故事这个大的构成链条中相互连接的一环，是一个变化的过程。简而言之，就是事物从某一状态向另一种状态的转化。事件承接着事物前后的变化过程，往往带有故事中人物发出的行动，从开头到结尾不断发展转变，构成最终的故事形态。

第二章　独幕剧文本"故事"的叙事特征

叙事文本侧重于表现时间流程中连续的一段人生经历，基于时间的单向永恒性，事件可以连绵不绝的叙述下去。

序列的组合多遵从承接原则以时间发展、因果变换这两方面为基准，进行序列组合形成事件。在组成故事的事件之间又有等级之分，美国叙事学家西摩·查特曼将一个故事中的事件划分为核心事件和从属事件。核心事件是主干事件，指在朝结果方向上前进时，起着关键作用的事件，一般处于情节发展的中轴线上。"它们是结构上的节点或枢纽，是促使行为进入一条或两条甚至是更多路径的分叉点。"① 从属事件指的是次要事件，从故事发展线索而言，这些从属事件即使省略了也不会影响整个故事情节线的发展推进，它们的作用是补充、说明、完善核心事件，使故事的意义得以显现和丰富。但从整个叙事而言，它们绝不是可有可无的。这类事件不断地触发故事的张力，不断地提示已经发生的事件同将要发生的事件的关系，从而强化了欣赏中的期待心理，使故事产生不可抗拒的吸引力。

核心事件和从属事件在多幕剧中的区分极为明显。从属事件配合着核心事件，做到相辅相成、有枝有叶，多条事件线条纵横交织形成一波未平，一波又起的戏剧效果，最后形成大故事。比如，在莎士比亚的《哈姆雷特》中就是在核心事件谋杀引发复仇的框架之内，借由一个又一个从属事件逐层深入，将哈姆雷特性格的各个层面得到展示。第一个从属事件则是父亲的鬼魂告诉哈姆雷特其死亡绝非正常。而那场著名的"戏中戏"也是从属事件。

独幕剧容量相较于多幕剧要小得多，在独幕剧中通常只是反映一个核

---

① ［美］西摩·查特曼：《故事与话语——小说和电影的叙事结构》，徐强译，人民大学出版社2013年版，第38页。

心事件，对从属事件做淡化处理，不同于多幕剧的多个事件在剧中出现。独幕剧具有快速展开情节，迅速而集中地表现戏剧冲突的特点，为了在短时间内突出主题，讲述完整的故事。大部分独幕剧通常会选择是只描述单一主题的核心事件，剧情的推进、人物性格的发展和矛盾冲突的展开都是围绕这一核心事件，对从属事件的描述也只能隶属于这一核心事件。既不允许对故事始末从头到尾地详细叙述，也不允许用过多的生活插曲来任意间断剧情，很少出现复杂的人物关系和错综的情节。任何生活场面都必须严格地服从于人物性格和剧情发展的需要，容不得多余的东西，甚至它逼迫剧作者不得不把必要的人物关系和故事缘由的介绍，统统糅进急剧发展的剧情当中去，情节线索绝对不能太复杂，人物也不能过多。"如果一个独幕剧人物过多，事件庞杂，场面拉得太宽，势必影响作者对其中主要人物的性格做深入和细致的描写。"①

爱尔兰的格莱葛瑞夫人的独幕剧《月亮上升的时候》，这部剧的故事情节并不复杂，人物也只有4个，但是剧中的性格冲突是相当尖锐和激烈的。核心事件是爱尔兰民族解放运动中的一个革命者，如何说服巡官放弃了优厚的赏金而放其逃走的故事。剧作者的笔锋集中刻画了巡官要一百金镑还是为了祖国的自由解放而放弃重赏的内心冲突。从一心想得到赏金到主动放弃赏金，从积极想捉住革命者到全力协助革命者逃掉，这该是多么大幅度的跌宕。但是剧中根本没有详细地叙述巡官日常的表现怎样，家庭生活如何，也没有过多的插曲，寻找、逮捕革命者的剧情一直延续着。深刻细腻又合情合理地展现了人物动作的急速改变，人物关系的急速调整，就此完成了巡官这个人物意志的一百八十度的大转变。可以说，整部剧的人物、

---

① 李欣:《我们需要独幕剧》，《人民日报》1954年5月4日。

情节都是围绕着这一突变，并为之服务的。

南斯拉夫作家彼达尔·柯契奇的《审獾》是一部荒诞滑稽、亦庄亦谐的独幕剧。故事叙述农民大卫平日饱受法官、地主等的剥削，无奈之下，他把偷窃自己玉米的獾告上法庭这一事件。这一事件当然是一个异想天开、平中出奇的举动。有趣的是，在法庭上，农民大卫时而慷慨陈词，指桑骂槐，痛斥和獾一样偷窃搜刮自己的统治者。大卫时而装疯卖傻，嬉笑怒骂，糊弄凶残的法官，让他们抓不到把柄。大卫机灵幽默，能言善辩，察言观色，疾恶如仇，所作所为令人捧腹。故事层面来看"小功能"的选择和短时间内由复合序列所传达出的"小言大义"的效果，这样一个充满智慧的普通人物，采用把獾告上法庭这样一种荒唐的方式来表达自己对统治者的愤怒，虽然实际未必能给自己带来什么好效果，但足可以出老百姓心中一口闷气。看似荒诞，却极为精彩。

乌拉圭戏剧家弗洛伦西奥的独幕剧《玛塔·格鲁尼》中玛塔·格鲁尼是个善良热情的好姑娘，可是她的父母哥哥在贫困的压榨下，人性扭曲，逼着她做工，逼着她嫁给一个无赖，对她又打又骂。玛塔很想逃离这个家庭，她爱上了一个"不是本阶级的人"，不料却被哥哥"发现"，在幽会时，情人被哥哥杀死，姑娘忍无可忍，杀了哥哥。该剧的侧写手法运用得非常好，剧作家一方面用详细的笔墨描写了玛塔受父兄打骂、受无赖欺凌的事件；但另一方面引起这一切矛盾的那个"不是本阶级"的人却一直没有露面，玛塔同他的幽会是从别人口中得知的，哥哥杀死他是在幕后进行的，剧作家详细描写了那个"不是本阶级"的人的居住处透出来的灯光、歌声、人影，暗示人们这是一个幸福的地方。这里的侧写有技术上的原因，更有主题上的考虑，似乎在告诉人们，那个幸福的地方和玛塔的痛苦生活相距甚远，幸福是可望而不可即的，这就给玛塔的命运笼上了一层淡淡的忧郁气氛。

独幕剧的叙事功能是聚焦于日常生活中的小动作,在叙事序列上的设计安排呈现出复杂性,以复合序列的形式出现,在叙事事件上侧重于单一核心事件的讲述。这些都是独幕剧在"故事事件"上的探索。

第二节　故事实存

实存是由亚里士多德最初提出的哲学概念,后来被美国叙事学家西蒙·查特曼引入叙事学的框架之中。故事实存重点关注于虚拟作品中的空间和空间中的存在实体。在叙事学中故事实存可以简单概括为人物和环境背景两部分。

一、人物

人物在现实主义文学中是研究最充分的对象之一。在叙事学中,人物对应的是事件中动作的发出者,是参与事件的主体。围绕着人物塑造,叙事学在发展中衍生出两种不同的人物论——"心理型"人物观和"功能型"人物观,两者研究的侧重点也各有不同。"心理型"人物观认为作品中的人物是具有心理可信任的"人",强调人物的性格特征;"功能型"人物观认为人物是从属情节的"行动者",强调人物在情节中的功能。两种人物观在对人物性质看法上各不相同,前者是以注重人物为中心;而后者是以事件为中心的。

"心理型"人物观认为"作品中的人物是具有心理可信性或心理实质的

第二章 独幕剧文本"故事"的叙事特征

'人',而不是'功能'"①。这种观点提倡从似真效果角度关注人物的"人格"特征,人物被称为"角色",具有鲜明性格特征和形象。传统叙事理论对人物作为角色特征的研究十分重视。贺拉斯在《诗艺》中强调要按照人物的年龄、身份等特点写出合情合理的人物。近代黑格尔明确提出性格是艺术表现的真正中心,突出了表现人物形象特征的重要性。现代马克思主义文学理论更强调塑造人物形象是要在鲜明生动的个性中包含具有普遍意义的共性,解释出社会生活中某种本质和规律,因而可产生特殊的认识与审美价值②。

福斯特是"心理型"人物观最具代表性的人物。在《小说面面观》中,他以"人"为标题,用两章的篇幅进行了阐述,首先细述小说家如何运用叙述技巧使人物怎样在外部行为方面具有真人特征(如生、死、饮食、睡眠等);然后从人物内心活动入手,依照人物思想与行动是否一致以及人物自身的性格特征,提出小说家解决人物问题的其中两大本能方法:一是使用不同类型的人物,即塑造扁形人物和圆形人物;二是运用叙事的角度③。

"功能型"人物观则认为人物的作用仅仅在于推动情节的发展,将人物视为从属于情节或活动的"行动者"。这一观点的发展可追溯至亚里士多德,他在《诗学》中就将人物视为行动者,认为悲剧中没有行动则不成为悲剧,但没有性格,仍然能不失为悲剧。对"功能型"人物观的形成起到推动作用的是结构主义叙述学的开创人、俄国形式主义批评家普洛普,他将人物行动或行为功能抽象成典型模式,把人物大致分成七类:主人公、

---

① 申丹:《叙述学与小说文体学研究》,北京大学出版社1998年版,第60—61页。
② 童庆炳:《文学理论教程》,高等教育出版社2008年版,第240页。
③ [英]爱·摩·福斯特:《小说面面观》,冯涛译,上海译文出版社2016年版,第59—68页。

假主人公、坏人、施予者、帮助者、被寻求者、派遣者。之后，格雷马斯在以语义学为基础的前提下，将这七种模式改为三组对立的"行动者"：主体与客体、发送者与接受者、帮助者与反对者。普洛普和格雷马斯的分类都是将人物归为功能性质的符号，即"行动元"，意思就是说作品中一些人物尽管性格、外貌、处境完全不同，但承担着相同作用就被归为同一类型的行动元。研究的注意力应当放在人物的动作上，由谁来完成动作并不重要。主张情节是故事的主线，人物依附于情节而存在，人物的"功能"仅在于推动情节的演变和发展。由于他们的存在是"功能型"的，研究者不宜将其与真实人物相提并论。"功能型"人物所关注的只是人物做了些什么，在故事中发挥了何种作用，而非他们在精神、心理层面是怎样的人。并且人物不能离开特定的上下文，只能作为文学世界诸因素的一部分而存在，若离开情节或事件，他们就会不复存在。可以说，"功能型"人物已失去自身的文学生命力，而仅仅是一种文本成分或语言现象。

两种观点分别站在以情节为本和以人物为本的立场上去对人物这一元素进行细致的分析和探讨。独幕剧在叙事方式上对情节的注重，在一定程度上造成了独幕剧人物的主体性和个体性的模糊。情节是首要的，人物是次要的、从属于情节的，人物的作用仅仅在于推动情节的进展，因此独幕剧中的人物以"功能型"人物的居多。

独幕剧中的功能性人物塑造，首先，注重人物的共性描写，而非个性化的人物性格塑造，人物往往没有独特的个性和复杂的性格，有一些人物个体的特殊性被掩盖，以群像方式出现，代表了泛化的普遍性，甚至有些人物都没有名字。在人物的名字称呼上，比如银行经理、阔太太、跑腿的小孩、胖绅士、老人、姑娘等，力图使人物代表某一类人。没有个性只有共性的人物必然对话也是充满类型化的特点，人物心理按照类型化的人物来处理，这与具有鲜明个性的现实主义戏剧中的人物是完全不同的，在这些戏剧人物上，观众看到只是代表类的群体，并不关心这种心理活动是属于李四还是张三，这与莎士比亚《哈姆雷特》中哈姆雷特那种条理清晰、深思熟虑、发自内心的独白完全不同。比如，斯特林堡的独幕剧《鬼魂奏鸣曲》中随着"大学生"步入这个豪华精美的邸宅，展示了这座房子里的人物，如老人、木乃伊、上校、姑娘等人的种种病态的现象。在剧中他们只是作为抽象的符号而存在，代表着某种抽象的观念、思想或者情绪，其性格有着强烈的概念化色彩，常常显得怪异而不真实。

其次，这些功能性人物被赋予其所属阶级的典型特征，具有独特性的"我"被消解，衍生为"我们"，来获得代表阶级群体的合法性与可能性。剧中具有共同经济利益与共同苦难经历的群体，不是特殊的"这一个"或"那一个"的农民、工人呈现在戏剧冲突之中，表现群体凝聚起来或群体的共性将成为的反抗力量。《乱钟》里，登场人物为："大学生ABCDEFGHIJK……学生群众多人"与学校当局等；《SOS》中登场的人物有"无线电职员王、陈、李、陆、女职员周，朗，史"和一群日本士兵等。人物的大众形象，是剧作家从无产阶级革命者与无产阶级剧作家的双重身份出发创造的结果，其中倾注了剧作家们关于政治与戏剧的双重诉求与期待，这种"复合"性质影响并制约着对大众形象的塑造。侵略势力、封建势力和无产阶级被放置在道德天平的两端，由此完成了道德伦理对政治身份的介入。塑造矛盾冲突的两方，都带有鲜明的阶级性质，在戏剧冲突的设置中，剧作家通过塑造无产阶级群体英雄的形象，不断进行着"无产阶级"身份认同的尝试。人物成为经济符号、阶级符号的代名词，人物形象缺乏个性特征，鲜有有血有肉、极具阐释性的人物形象。阿珍、朱家西、李全生等人物形象，人物的名字只是纯粹的代称，只有鲜明的阶级性并没有内涵丰富的性格，人物塑造的中心是其代表的阶级性、革命性。

最后，很多剧情类的独幕剧中的人物也是"功能型"人物。人们在欣赏过程中关注的是故事，关注人物做了什么。比如，雅鲁纳尔的独幕剧《破旧的别墅》中，人物是"他"和"她"，剧中"他"和"她"两人上场的时候，都是隐藏着身份的，全剧的戏剧性也因着人物身份的忽真忽假而更加强烈。格莱葛瑞夫人的独幕剧《月亮上升的时候》，剧中主要人物只有两人——巡官与革命者（爱尔兰民族解放战士），这是一部表现两个男人之间冲突的戏，也是写人物转化的戏，剧本的重点是把"逃"与"捕"的冲突写足。

独幕剧中的人物也有"心理型"人物，多见于挖掘人物内心的独幕剧。比如美国剧作家戴丽莎·海尔朋的独幕剧《主角登场》，剧作把一个处于青春期闺中少女渴望美好爱情的向往，把那些暂时还没有恋人，却又迫不及待地渴望谈一次美好爱情的少女的潜在心理挖掘了出来。在展现人物心理，特别是安妮的内心上，剧作家挖掘得丝丝入扣。首先，剧作向我们展示了安妮的真实内心，那就是她对哈罗德真正的爱慕。从人物的内心情感来说，安妮所写的"情书"既是假的，也是真的。所以两人相见后首先交流的内容，是安妮直截了当地表露自己对哈罗德的爱慕之情，并不提"情书"的事。却没想到哈罗德先生并没有领她的情。在这种情况下，安妮即提出了"他"给她写"情书"之事，这是安妮耍的一个小手段，她希望通过这件事来"逼"着哈罗德"领情"。而哈罗德从最初的不解到后来的惊讶，断然肯定两人间没有可能产生特殊感情的空间，并提到了自己已有女朋友。于是故事再也无法向安妮所希望的方向发展了，原来那些花、信全是安妮自己寄给自己的。剧作家安排这么一个出人意料的结局，实在令人惊讶，但若是细心揣摩，你就会发现，这一意外的神来之笔，其实早在前期人物的动作和对话中已多次埋下了伏笔。

伏笔一：在安妮的妹妹露丝谈到女友们十分羡慕和嫉妒安妮时，安妮的高兴有些失态，这让我们心生疑虑：莫非这种被人羡慕和嫉妒的感觉才是安妮真正想要的？

伏笔二：当露丝责备安妮为什么不告诉大家哈罗德回到此地时，安妮则做如此回答："这只是因为……我要避开这些……他离这儿只有几小时路程，可又知道他不能到我这儿来，那是非常不好受的，可是如果没有其他人知道他回来，那就比较好过了。你明白吗？"① 多么牵强的解释，显然她在刻意想掩饰自己毫不知情的真相，内心里更认为让女伴们知道未婚夫的不来探访是件丢脸的事。如此顾全脸面，无怪乎她会在母亲和妹妹面前表演一场并不存在的"拒婚"。

伏笔三：当露丝问及是否订婚时，安妮"带点做作的紧张"，请看她的反应："我不知道……什么都怕……怕意想不到的事。这些时候一直多么美妙，万一发生什么事，我想我会受不了。我想我会死的。"② 沉浸在自己一手操纵的梦里是安全且美妙的，但一到了订婚，需要两相情愿时，所有的事情自己就不能单独作主了。安妮预感到会有不幸的事发生，美好的梦即将破灭，她也在此处给自己留了条退路：她已经告诉妹妹有可能会有不幸的事发生。因此后来的结局也就不足为奇了。

安　妮　（等她们走出去，抬起头来，嘟哝着说）
　　　　一切都化为灰烬！一切都化为灰烬了！

---

① 周豹娣：《独幕剧名著选读》，上海书店出版社2011年版，第33页。
② 同上。

等到她们走出去，安妮慢慢直起腰来。她刚才的表演弄得她心理上很紧张，现在振作起来。随后她看看手腕上的表，得意地深深叹口气。她的目光落在书桌上，她看见那捆放在花上的卡片还在那儿。她拿起来，回到炉火旁边，刚要扔进去，她的眼睛忽然看见其中一张上面写的字。她拿出来念。然后她又拿另一张，再拿一张。她停住，梦幻似的往远处看。然后她慢慢地走回到书桌前，把卡片扔进一个抽屉里，锁起来。她沉思着，在书桌旁坐下，她面前铺开的一张纸好像把她的心迷住了。她好像在梦中似的，拿起一支铅笔。她的眼睛射出创作的目光。她把下巴放在左胳臂上，慢慢地开始写字，嘴里嘟哝着。一边写一边念：

"安妮，我最亲的……我在火车上……灰心了，泄气了……为什么您这样对待我呢……为什么您使得太阳暗淡无光……为什么您扑灭星星的亮光……扑灭星星的亮光呢？……安妮，再给我一次机会吧……我要弥补一下……我向您保证……看在上帝面上，安妮，不要把我从您的生活中完全赶出来……我受不了……我……"

她在写字的时候，幕徐徐落下。①

哈罗德走了，母亲和妹妹也走了，一场自编自导自演的"爱情故事"也终于结束了。安妮把自己关在房间里，她准备把余下的那些"爱情卡片"放到炉火中烧毁，但在烧毁前，她忍不住又拿起来阅读。读着读着，她竟

---

① 周豹娣：《独幕剧名著选读》，上海书店出版社2011年版，第40—41页。

又被自己的"爱情"感动了,居然拿出笔,又开始写起了情书。此处让人意想不到的转变,它符合事件发展的逻辑吗?符合人物性格发展的逻辑吗?仔细想想,也许不符合事件发展的逻辑,既然和哈罗德之间的一切,哪怕是假的,也都结束了,再写那些"情书"有意义吗?但从人物的思想性格出发,却又是符合人物的思想性格的,因为在姑娘心中,对美好爱情的向往并没有结束,不管曾经发生过什么——这一切,是多么美好!

在独幕剧中的"功能型"人物的出现具有十分重要的作用,"功能型"人物可以突出"心理型"人物个体,从人物心理出发去行动、思考、解决问题和推进剧情。比如,斯特林堡在独幕剧《朱莉小姐》的人物表中只有朱莉小姐、男仆约翰和女仆克里斯丁三个人。但在剧中,巧妙地安排了一段芭蕾舞与合唱队,这一段以哑剧的形式出现,那些"穿着节日服装和帽子上插着花的农民""小提琴手"等人反复地歌唱和舞蹈,这些参加节日狂欢的人来到厨房唱歌、跳舞、喝酒,下场后就再也没出现了。这群"功能型"人物不仅仅是走个过场,而是具有重要的作用,第一,这些"功能型"人物推动了剧情的发展,正是由于他们的到来,朱莉小姐为了躲避被人发现,才躲进约翰的屋子,这给男仆占有女主人提供了可能性,从而使剧情的推进合情合理。第二,这些"功能型"人物的寻欢作乐也营造了仲夏节之夜的气氛,这对约翰和朱莉小姐都具有诱惑作用。幕后的虚处理和台前的实处理"净化"了舞台,且具有美感。他们对朱莉小姐的故事进行史诗式转述,这种"引述"与叙述的演出方法,同时使演员兼具双重身份,在双重角色的转变中,委婉地传达对戏剧场景的主观评价。

在多幕剧的创作中,"心理型"人物的塑造是否成功,是判断多幕剧是否成功的标准之一,但是其中的"功能型"人物也必不可少。塑造"心理型"人物,即"活着的人物",人物本身的意义超越其行为,其动机是行为的依据，行为能揭示心理或性格。在多幕剧中的"功能型"人物多为些次要人物，这类人物的出现和作用仅仅是出于情节的需要，他们行为和性格并非多幕剧关注的对象，一般来说，这类人物不能算作完整的人，他们只能算是多幕剧形式创作中行使某种功能的因素，是贯穿戏剧情节的线，他们的出现是为情节的进展而服务，促使情节逐渐进入高潮。如在奥尼尔的《榆树下的欲望》中老凯勃特、爱碧、伊本为心理性人物，彼得、西蒙、妓女敏妮为功能性人物。

总的来说，独幕剧中的人物比起多幕剧中的人物要少许多，剧中的人物不存在各种复杂的关系，大量存在的也不是激烈尖锐的矛盾冲突，而是性格上的某种差别和对立，常常会用到对比与夸张的叙事技巧。

契诃夫的《蠢货》中剧本的一开头就是只有女地主波波瓦一个人在家中默哀亡夫。默哀亡夫是悲痛严肃的，但由于波波瓦的刻意夸张，使得这一严肃的场合稍显滑稽。她不仅自丈夫去世后的7个月没有出去过一次，而且还要"一直到死都不脱孝衣，也不见人"；要等到自己"那一颗可怜的心停止跳动的时候，我的爱情才同我一起消失呢"。她要通过此举告诉那对她不忠的丈夫："我是多么会爱你，原谅你。"一个"会爱你"的"会"字把她的矫揉造作、故作姿态全部表现出来。也把人物外在行为和内在心理的不一致体现出来，为人物随后的颠覆自己埋下了伏笔。

与波波瓦的矫揉造作，故作"情"状的性格形成对比的是，上门讨债的史米尔诺夫倒是一个表里一致，心里有什么就说什么的粗野之人。讨不着钱了，他就生气发火，也不管眼前是个女人，正如波波瓦所说："您在妇女面前太放肆了。""您是没有教养的人，是粗野的人，体面人对妇女说话不是这样的。"这里，是波波瓦首先挑起了两人之间直接的性格冲突。于是这个"没有教养"的"粗野之人"就毫不客气地撕下了波波瓦假惺惺悼念亡夫的面具:"好像我不知道您为什么穿着这孝衣,把自己埋葬到这四堵墙里似的!可不是嘛!这真是奥妙,真是有诗意啊!这样叫那些雄赳赳的武士或浅薄的诗人,从您的门口经过的时候,隔着窗子一望就想到'这儿住着神秘的达玛拉,她为了爱自己的丈夫,才把自己埋葬到这四堵墙边!'我们知道这些把戏啊!"波波瓦还想为自己狡辩时,契诃夫给予史米尔诺夫的那句经典台词一语将她的真面目道破了——"您把自己活埋了,可是还没忘记搽粉啊!"这话让波波瓦再也无法伪装了。于是,这个原先含情脉脉娇俏的小寡妇也终于露出了自己性格的本相,在史米尔诺夫的眼光里,她是"红着脸,眼睛发着光"答应决斗,并说出这句话的:"我一枪打到您的厚脸上,那是多么痛快啊?您这鬼东西!"

当史米尔诺夫回味波波瓦的这句话时,波波瓦真性情的流露居然让他着迷了。他们两人都走到了自己的反面,一个忘记了自己的亡夫,一个忘记了自己刚刚还在攻击这个虚伪的女人。剧作家在这里设置的这个"玩笑"深深讽刺了俄罗斯地主阶级的虚伪粗俗和无耻下流。

与波波瓦相比,史米尔诺夫的性格虽为直白坦率,但他的内心也有冲突。波波瓦既是他的欠债人,又是一个女人的身份时时使他的内心犹疑。在隐约的表现中,剧作家不断提示着我们注意他的这种心态。第一次讨债被波波瓦回绝以后,他就想到了对方是一个女人:"我宁可坐在火药桶上,都比跟女人打交道好受得多!"过了一会儿,他又意识到自己"浑身像灰驴一样,靴子弄得很脏,脸也没洗,头也没梳,背心上沾着干草……这位太太她大概还把我当强盗看呢"。男人女人的概念在他的下意识里时时隐现,以致最后从下意识浮现为意识,他再也顾不上讨债,只是生理性动物性地把波波瓦视为一个纯粹的女人,也是合情合理的。

"对比"和"夸张"这些戏剧性的元素在该剧中得到了充分的运用。这里既有人物的外在行为与内在心理的对比，也有人物自身前后行为的对比。剧终两人颠覆自我的行为是最大的夸张。

剧作家将这最后高嚷着"决斗"却又走向"接吻"的一幕，写得非常具有戏剧性和喜剧性。在戏剧动作的设计上，居然在持枪"决斗"的前夕，出现了波波瓦提出自己不会使用手枪，让史米尔诺夫教她开枪的情节。这十足一个既幽默又滑稽可笑的情节！它一下子改变了戏剧的节奏，让眼看着要紧张起来的戏剧情势得到了松弛。延宕了的"决斗"也延宕了戏剧的悬念。此前，史米尔诺夫迷恋波波瓦的情感已交代，于是两个相互矛盾对立的戏剧动作同时展开了——一边教的是相互射杀的手枪使用，一边相谈的是男女恋爱之情。在这一戏剧动作的展开过程中，男女主角的性格特征、性格冲突再一次得到了生动展现。波波瓦依然是口是心非的装腔，而史米尔诺夫则是不变地粗俗直白表露心意。剧作家再次作弄这两位丑陋角色的是，愚笨的史米尔诺夫这回居然没有看出波波瓦的过度装腔，以为她拒绝了自己的求婚。正当他要走的时候，逼迫得装腔作势的波波瓦不得不将"等一等"这三个阻止他离开的字说出口。但即使说出了这三个字后，她还要装腔，以至最后出现了她一边高喊着"决斗"，一边"接吻"的讽刺场面。

这是全剧的高潮场面，也是人物性格、戏剧动作表现得最为出色的一个场面。在高潮的场合之后，剧作家有意安排了听差陆卡等人的上场，将他们大为吃惊的表情在舞台上表现，其意为强化和放大前场造成的戏剧性效应，也让观众的观赏乐趣得到充分的满足。

第二章 独幕剧文本"故事"的叙事特征

二、环境背景

环境是指人物生活和生存的空间和作用于这一空间的社会背景、社会关系。人物始终都是在环境背景下活动,环境是叙事学研究中不可或缺的元素。环境背景在整个独幕剧叙事的完成中发挥着建构人物、暗示心理、烘托气氛的功能。

(一)独幕剧中的环境的三要素

自然现象、社会背景、物质产品是环境的三大要素。自然现象指的是以天气、地理等非人工的因素;社会背景是指人际关系构成的社会活动,它包含了时代背景、风俗人情和不具备剧情的龙套人物等;物质产品则是指人类生产、利用的客体,大到建筑物,小到用于交换的珠宝首饰都属于这一范围。这三种元素在不同的叙事表达中所占的比重在很大程度上有所不同,在独幕剧中更多出现社会背景要素和物质产品要素。

1. 突出社会背景要素

在环境设置中,因独幕剧的创作多是反映社会现实生活,总是被摆在第一位着重考虑的是社会背景元素。剧作家常常立足于现实社会状态,对生活进行探讨和反思,所以社会环境背景显得尤为重要。有时脱离该环境背景,就会影响观众对于完整故事的理解。把故事放到宏大的社会背景下去考察,还可避免主题思想的局限与失误。有些剧作看似情节生动,场面精彩,但由于游离于人物赖以生存的时代背景,作品的思想意义就大大减弱了,有的甚至与生活本质明显相悖。

奥地利阿瑟·显尼志勒的独幕剧《绿鹦鹉》是一部表现法国大革命对

民众影响的佳作，但并未直接描画大革命的风起云涌，而是将目光聚焦于一个小酒馆里演出的一场戏。酒馆外面，革命已经山雨欲来；酒馆之中，贵族们仍醉生梦死。台上的戏与现实时空中的革命声势互为呼应，通过演员亨利实现融合：在现实中，演员亨利的妻子被公爵勾引，他只能敢怒不敢言；在舞台上，他又能在想象或演戏中杀死公爵雪耻。当他得知革命爆发的消息后，就真的在舞台上动手杀了公爵。革命对受压迫者精神面貌的改变不言而喻，也极好地烘托了这一革命的声势、影响。这部剧在很多方面都有值得借鉴之处，最成功的一条是剧作家将剧本所要表现的内容置于社会大背景下展开，通过酒馆中来来往往的人，以及这些人的言谈举止，对当时的社会风情进行渲染，组成一幅革命前后生动的社会众生相，戏中男演员亨利的思想、性格、行为发展过程依赖于这个社会背景，依赖于社会背景的发展演变过程，亨利从想象中或演戏中杀死公爵到革命爆发后真的动手杀了公爵，恰到好处地透露出革命对普通人的影响，开拓了题材的深度，这一情节尤其令人称绝。

我国孙芋的独幕剧《妇女代表》，这是一部有着鲜明的时代意义的剧作。该剧反映历史巨变的深刻之处就在于剧作家将一个反映家庭矛盾的小故事，置于广阔的社会背景之下，从而真实地展示了中华人民共和国成立之后，中国妇女的社会地位发生了翻天覆地的变化，这是几千年从未有过的巨大变化。此剧的意义不仅在于它及时地反映了这一重大历史事件，还在于它真实细腻地揭示出中国农村妇女赢得解放的艰难历程，反映了她们所面对的旧势力，旧观念的阻力，深刻地告诉人们没有政治、经济制度上实质性的变革，妇女解放就只能是一张空头支票；反映了新社会妇女解放的必不可少的政治环境与物质基础，深刻地揭示了生活的本质。

同样突出社会背景，在多幕剧中的呈现是这样的，比如，萨特的五幕剧《阿尔托纳的隐居者》,第二次世界大战已经结束十几年了,身患绝症的德国船王冯·格拉赫为自己庞大的家族产业没有继承人而忧心忡忡。此时,小儿子魏纳尔作为律师想回到汉堡从事自己钟爱的律师职业,并不想留在家里为父亲分担造船企业的管理工作。大儿子弗朗茨参加过第二次世界大战,在战争中犯下不可饶恕的罪行,战后家人为了让其躲避惩罚,制造假死亡,花钱伪造死亡证书,让其隐姓埋名,长期躲在家中以逃避惩罚。

《阿尔托纳的隐居者》在处理人与社会的关系时突出表现了社会不断发展变化的动态性与人所具有的各种传统价值观念的稳定性的尖锐矛盾。经历了第二次世界大战的欧洲,各种价值观念都发生了翻天覆地的变化,每一个人都必须在现实生活中调节自我,寻找到自己存在的基础,表现了人与不断快速发展的社会环境的错位。在这部戏剧中萨特从一贯以"自由选择"为戏剧的主题转变为用社会道德的眼光来反思社会,探讨人类在社会发展进程中出现的罪与罚、集体犯罪与集体责任、历史审判与自我审判等诸多社会问题。在第二次世界大战中,残酷的现实随时随地都在检验着每一个人的道德。面对现实,是积极行动还是漠然处之,是随波逐流还是作出良知的选择,这是每一个有正义感的人必须要回答的问题。萨特在戏剧中不断提醒世人:"人类从来没有像今天这样时刻准备获得自由,又同时陷入最严重的战斗。"[①]将个人自由选择同社会的历史责任联系起来,戏剧从哲理的思辨发展到道德的拷问,发挥了戏剧艺术介入现实、影响观众的特性。整部戏剧没有仅仅停留在冯·格拉赫家族产业问题上,而是集中在集体犯罪与集体责任的问题上,以此为突破口对冯·格拉赫等过去的行为进行历

---

① [法]让·保罗·萨特:《萨特戏剧集》,沈志明译,人民文学出版社1985年版,第1001页。

史性的反思。

独幕剧与多幕剧同样要突出社会背景,多幕剧在其体量的优势下,比独幕剧关注的视野在不断地扩大,主题思想也进一步深化。

2. 巧用物质产品要素

戏剧是当众表演故事的一门艺术,人物在舞台上作更直接、更浓烈、更具体的感情交流,当然更离不开那些物质产品要素了。物质产品要素运用在戏剧中就是道具。一件选择得当的道具,常常抵过许多语言的直叙,因为它可能是某种感情、某个事件、某种行为、某种愿望乃至某个时代的具体代表。睹物思情,不仅便于人物借以抒发感情,而且也可以使观众获得同样的感受。

戏剧中的道具应该是戏剧演员在表演时接触或使用的小件物品、用具和小型的单体物件的统称,道具又分大道具(如桌椅、箱柜、石头等)和小道具(也叫随身道具,如刀、酒具、文房四宝、首饰等),换句话说,凡是演员在表演时接触到的(搬、动、坐、踩、拿等)的单体物件都属于道具。道具在多幕剧与独幕剧的使用上是有些不同的,在多幕剧中,道具的使用较为讲究。艺术家赵丹在《表演探索》中说:"在排演曹禺的《雷雨》时,为了揭示周朴园的唯心主观、自负、自私的品质(特征),我们设计了一个贯串性动作,周朴园一上场,即掏出怀里的挂表,然后把客厅里所有大大小小的、当然是十分贵重的摆设的钟,按照他的怀表的时刻纠正过来,而后,当他逼着萍儿将药跪送到繁漪面前,这时,繁漪大口喝了药,歇斯底里地径自推门奔上楼去了……无疑掀起来这一幕的高潮,场面突然来了一个大静场,这时,恰恰在这时,客厅里所有大大小小的钟都一起敲打起来。而周朴园掏出怀表一看,满意地笑了——时间都按照他的钟点指示向前了。"[①] 在这里为了刻画周朴园的性格运用了怀表、钟等道具。

首先，同样都使用道具，但是独幕剧为了演出方便，在道具的使用上没有多幕剧那么丰富讲究，更多是使用简单、精巧的小道具，力求一个"简"字，这也体现了独幕剧结构上的小，并且在独幕剧中有很多以某一特定的道具为中心来构成戏剧情节的作品，道具的使用是贯穿全剧的。

英国剧作家约翰·麦斯菲尔德的独幕剧《上了锁的箱子》中托德是个自私怯懦的农民，对待妻子维格地斯十分暴躁，他的妻子维格地斯是个善良正直的农妇。妻子的表弟杜罗尔夫因不堪忍受当地恶霸英齐尔德兄弟的欺侮，杀了人逃到维格地斯家里。胆小的托德大发雷霆，怕牵连自己，威胁妻子赶表弟出门。正在此时，英齐尔德带人找上门来，在他的威逼利诱下，托德为了三个银马克就说出了杜罗尔夫的藏身之处。幸好维格地斯早料到丈夫靠不住，把杜罗尔夫转移到了箱子里。最后，英齐尔德失望地离去，维格地斯也毅然离开怯懦卑鄙的丈夫，和表弟一起走了。剧中的箱子是这部剧中的重要道具。在剧一开始就对箱子作了交代。刚出现时是当椅子坐的，当托德回家抱怨累时，维格地斯让他"在箱子上躺下来"，可见这箱子很大。维格地斯起初是把表弟藏到了牛栏中，并告诉了托德，后来托德在英齐尔德的威逼利诱之下，泄露了秘密。本来英齐尔德是可以一举到牛栏中将杜罗尔夫抓获，可是托德要瞒过妻子维格地斯，怕邻人说自己是个叛徒，所以要英齐尔德虚晃一招，从无关紧要的地方慢慢搜起——这是剧中一个关键的细节，正是因为英齐尔德是从其他地方搜起，托德躲躲闪闪，才让维格地斯意识到丈夫出卖了杜罗尔夫，也给了她重新藏匿杜罗

[①] 荣广润、夏写时：《〈戏剧艺术〉论文选集（1978—2005）》，上海戏剧学院2006年，第98页。

夫的时间。维格地斯让杜罗尔夫藏到箱子里，又在箱子上摆上面包和啤酒。但英齐尔德还是怀疑到了箱子，维格地斯敏锐地看穿他的心思，勇敢地把钥匙扔到"地板上"以打消英齐尔德的疑虑，最后保住了表弟。可见，整个剧都是围绕着箱子来结构的。

当然在多幕剧中也有很多用道具来结构全剧的，如莎士比亚的《威尼斯商人》，就是用一张借据来结构剧本的，同样一张借据，易卜生也把它作为情节核心，写出了《玩偶之家》。娜拉在8年前为替丈夫治病，向柯洛克斯泰借过一笔钱，并在借据上伪造了父亲的签字。有一天，债权人进了这个家庭，向女主人重提那张借据，并向她进行要挟，如果娜拉的丈夫海尔茂要辞退他的话，他将会出示那张伪造签字的借据，而那个时代的法律对这类事的态度，是娜拉所清楚的。这意味着讲究体面的海尔茂家庭会因之而产生裂痕。事情发展到后来，海尔茂终于知道了那张借据的真相，同时也显露了他自己的本相——一个自私自利、虚伪奸诈的"正人君子"。娜拉认清了丈夫的面目，"砰"的一声关上了大门，毅然离开了这个家庭。借据这一道具成了矛盾的起爆点，成了人物性格发展的试金石，成了主题凸显的三棱镜，当然，更成了情节结构的支撑架。

其次，在独幕剧中也尝试赋予道具象征的意义。在舞美中，舞台道具也是戏剧叙事的一个重要因素。在传统戏剧中舞台道具对人物塑造起着一个辅助作用，传统戏剧使用道具的标准就是道具在戏剧中的合理性和适用性，每一部戏剧道具的设计风格应与舞台的布景、灯光演员的服饰等保持一致。然而在一些独幕剧中开始尝试将无生命的道具赋予生命，将不变的赋予其变化和发展，已经突破了传统戏剧赋予道具的意义和作用。

美国剧作家丽达·威尔曼的独幕剧《永远在一起》剧中那把椅子具有神奇的力量，人一坐上去，就会觉得"心比死还静"，而且会不由自主地

第二章 独幕剧文本"故事"的叙事特征

"呼唤莫里斯",就好像莫里斯就在身边。这把椅子的设置,无疑给剧中人的情感找到发泄的地方。同时,这把椅子本身就是个巨大的虚空,椅子依旧,莫里斯却不在,造成物是人非的强烈反差感。

匈牙利弗列基耶什·卡林蒂独幕剧《魔椅》的道具也是一张椅子,这张让人讲真话的魔椅,像一个特殊的舞台,在这个舞台上,人们可以尽情敞开自己的心胸。当然,那些丑恶的心胸也无法遮掩。同时,剧中在充分地运用这一道具来揭示人物心灵奥秘。

一是选什么人坐。本剧选的第一个人,是类似看门狗的达维特,此人谄上欺下,专会揣摩主人心意,明白副部长不想接待盖尼,就谎称副部长不来。当他坐到椅子上后,终于吐出真话,原来,副部长马上就到,这就为下面剧情的发展创造了可能,在观众看来,这也是为了打消自己的疑虑:这椅子真的有那么神奇吗?让观众在心理上接受这样一种虚拟的可能。随后是副部长,他坐的时候不巧,偏偏是部长打电话来的时候,自然,他谩骂了部长一通;接着是一个诗人希夫,观众发现,此人原来是个为了金钱不要良知的人;然后部长前来复仇,他揭露了自己也揭露了副部长;最后,出人意料的,竟然由副部长的夫人坐上了,坐上之后,才发现,她和部长、诗人,竟然都有暧昧关系。在这些诸多的人物中,都是以副部长为中心集合起来的。从副部长的官僚生涯,到他的私生活,我们看到的是一片混乱。

二是坐上去后说什么话。剧中人物坐上前与坐上后的话截然不同,形成鲜明的反差,制造出喜剧的讽刺效果,如卡拉依在坐到椅子前对副部长是百般谄媚,坐上去后却出言不逊。

卡拉依 (满腔热情地)我深信不疑的是,阁下,您就任以来虽然仅仅才一年,但却令人信服地向每个正直的人表明,我们的部尽管已经有五十年的历史啦,也曾有许多卓越的人物崭露过头角,担任过要职,(提高嗓门,在办公室里来回地踱着,并做着手势)可像您这样的……(坐进魔椅,因过度兴奋弄得上气不接下气)可是像你这样的……蠢材居然也能当上副部长,实为天下罕见。

副部长原本对一项狗屁不通的小锉刀生产计划赞扬得不遗余力,坐上后却大加鞭挞。

副部长 我敢冒昧地向您——阁下报告,简直好得都无法用言语来表达啦。尽管这项规划是大人阁下的处女作,假如我毫不夸张地说,它毕竟是……(坐进魔椅)毕竟是我从来没见过的一篇天字第一号的谎言……喂,喂……我希望你能正确地理解我的话……整篇全是信口雌黄……

通过这些人坐上去说的话,观众可以发现,他们其实并不蠢,他们知道这种制度的腐败,可在现实中,他们却仍然说着违心的话。一张魔椅,显示出如此神奇的道德力量与艺术魅力,实在令人称道。

到了尤奈斯库看来,原来服务于人的道具已经物化为挤压人的环境和力量,而这种物化的东西是以道具的形式出现在舞台上,因而在戏剧中观众经常会看到人与物化道具的冲突,这种冲突实际上是人与环境冲突的艺术形象舞台化。道具是作为戏剧人物对立的一方而存在的,是一种物化精神和物化观念的象征,也是一种意识的代表,这种意识独立于剧作家主体之外,具有相对的独立性和不确定性,是剧作家对现实生活的一种感悟。人与物的戏剧性冲突实际上是一种人文观念和物化观念的冲突,这种冲突超越了传统戏剧中人与"物"之间矛盾冲突的一般性定义。在传统戏剧的叙事中,人与物是和谐的,物作为一种主体之外的客体是为剧中人服务的,它自身不具有主体性,只有实用性和象征性,是主体的附属物。但是在西方现代戏剧中物对人的挤压非常明显,使人感到它无处不在,并与人形成了一种对立的关系。比较典型的代表是尤奈斯库的独幕剧《椅子》(1952),在这部剧中道具对人的挤压和异化是非常明显的,道具已经成为一种异己力量与人进行较量、冲突。随着《椅子》的成功,随后尤奈斯库创作了同主题多幕剧《阿麦迪或脱身术》(1954)和《新房客》(1957)在这些作品中戏剧的戏剧性冲突来源于道具作为一个独立主体的扩张性,以及与人对抗中所具有的排他性。

(二)独幕剧中的环境的类型

"根据环境在结构中的功能和它与情节、人物的关系,我们将环境划分为:象征型环境、中立型环境、反讽型环境。"[①] 象征型环境带有一定的暗示意味,环境与环境中的人物行为、人物思想协调同步。这种类型的环境与人物、情节之间都有密切的联系,具有比较明显的意蕴;中立型环境是指环境仅仅代表一种存在,中立型环境与人物、情节这二者之间都不相互作用,并无特定意义上的暗示关系;反讽型环境是指所处的环境气氛与人物的行为或思想感情既有关系但又不和谐。独幕剧中更多运用象征型环境和反讽型环境。

1. 象征型环境的运用

独幕剧要在较短的篇幅内做到打动人心,象征型环境在作品中的运用

---

① 胡亚敏:《叙事学》,华中师范大学出版社2004年版,第160页。

功不可没。独幕剧在叙事过程中使用环境这一元素，准确地定位到剧作的基调和人物的心理，突出强烈的叙事目的。

　　斯特林堡在独幕剧《朱莉小姐》中，将故事的大背景放置在19世纪的瑞典乡村，一个犹如莎士比亚笔下所描绘的仲夏之夜，全剧在这短暂的晚上徐徐展开，而"仲夏夜之梦"其实早已为朱莉在这夜晚的遭遇增添了梦魇色彩，暗示了悲剧的情节氛围。家庭舞会的场景设计犹如一场童话般梦境，让伯爵女儿朱莉小姐和卑微的男仆约翰相恋，营造出耐人寻味的戏剧张力。朱莉代表着资产阶级上层社会的权势地位，而男主角约翰则是地位卑贱的下层人形象的缩影，仿佛童话故事中的美好爱情给观众营造了感性上的错觉。

　　独幕剧《骑马下海的人》具有浓厚的象征主义色彩，永恒的大海是这部剧作的另一个主人公。它具有双重意义，仿佛是一个面目模糊混沌的原始神祇，非善非恶，具有恐怖的非理性力量。大海既是施予者又是掠夺者，它既将这个荒凉的小岛和大陆分隔开又将两者连在一起，它为农夫和渔民提供食物，但它又不断地夺走这些人的生命。大海如同一位盲目的命运女神，既不断地转动着生命纺车之轮，给人们以希望，又毫无理由地扯断纺车上的生命之线。尽管没有传统意义上的戏剧冲突和戏剧动作，然而浸透在整部戏剧中的沉重命运感构成了这部剧作的张力：毛里亚的预感和她看到的令人惊惧的景象为这部戏剧增添了超自然的宿命色彩。当情节进展到后半部分时，舞台上呈现的报丧和哀悼场面又给这部剧作增添了极强的仪式感。毛里亚站在舞台上，回忆着她前几位亲人的尸体被水淋淋的帆布包裹着抬进家门的情景，这时一群人抬着她最后一个儿子的尸体走进她的家门，也同样是用帆布包裹着的这个悲剧性的场面是对毛里亚以往生活的重演，它印证了先前毛里亚反复述说的不祥预感。表明死亡的循环之圈已成为这些居住在海边的人苦难生活的一部分。随后舞台上的人都以极为缓慢而抽象的动作表演着哀悼与祈祷的仪式，使得这些人都仿佛成了舞台上活动着的大理石雕像，而毛里亚个人的悲剧通过这个仪式成为所有人共同承受的命运，所有人都必须在与大海的搏斗中生存和毁灭，并使自己的家族延续下去。此剧着重渲染代表大自然的大海的威力以及人与自然搏斗的惊心动魄的气氛，使观众从恐惧和怜悯中得到净化。

在多幕剧中也会使用象征型环境，但是更多时候是集中在多幕剧中的个别幕（场）。如曹禺的三幕剧《原野》，在第三幕中设置了很多的象征型环境，"沉郁的原野"，莽莽苍苍的原始森林增强了神秘感与恐惧感的气氛，还出现了阎王、牛头马面、鬼魂一类幻象。也有通篇运用象征型环境来烘托气氛，如《雷雨》中自始至终营造雷雨要来的浓烈的舞台气氛，以自然界的雷雨，象征环境的压抑烘托人物内心的烦闷，暗示一种巨大的破坏力量。剧作家把自然界的雷雨和人物内心的"雷雨"交织起来写。

2. 反讽型环境的运用

反讽型环境与人物行动既有关系又不和谐，环境与人物的情感或行动发生对立和隔膜。反讽型环境的表现形式有：第一，环境与人物的冲突。反讽型环境在存在主义戏剧中比较常见，在强大的现实环境面前，人物是那样的孤独和渺小，种种不尽如人意而又无法改变的环境，像梦魇一样束缚和压抑着人物的思想和性格。如萨特的多幕剧《苍蝇》和独幕剧《禁闭》。三个亡魂在特殊的极限境遇（最坏极限）——地狱里相遇，这个环境是人生的最坏处境，没有上帝、真理，没有希望、仁爱，没有出路、归宿，人与人彼此为仇，互相迫害。这种极限境遇的设置是一种道德警示，表明如果人人作恶，世界将多么可怕，说明争取自由的选择多么迫切和重要。在戏剧中萨特强调人创造自己本质的重要性，人无论处于怎样的地狱中，都有砸碎它的自由，否则人便不能实现超越。

　　第二，环境对人物的嘲弄，一项轰轰烈烈的事业原不过是一场闹剧，一片令人向往的圣土原来污秽不堪，人物因此而被抛入一个十分尴尬的境地。比如，英国乔治·卡尔特龙的独幕剧《石祠堂》写母亲省吃俭用攒钱为光荣死去的儿子盖祠堂，钱凑得差不多了，一件意外事件发生了——"死去"的儿子突然回来了，随即进入高潮。

　　　　　　　　　[沙夏走出。
普拉斯柯维亚　　不，不，跟我说这不是他……我的儿子这些年来我是这样得爱他，我的儿子躺在墓地里呢。（向沙夏）别对我这样残酷。说你不是我的儿子，你不可能是我的儿子。
沙　　夏　　你知道我是你的儿子。
普拉斯柯维亚　　我的儿子已经死了，他是给人家谋杀的。我把他的尸首埋在特罗伊茨基公墓里了。
沙　　夏　　可是你瞧，我并没有被谋杀。摸摸我，摸摸看。我是活着。我跟阿达麦克打起来，不是阿达麦克杀死我，而是……
普拉斯柯维亚　　不，不，我不要再听下去了。你是来折磨我的。说吧，你要我怎么样，随便怎么都行，我都答应，只是让我安静吧！
　　　　　　　　　……
　　　　　　　　　[沙夏被押出。
普拉斯柯维亚　　主呀，帮助我吧！

第二章 独幕剧文本"故事"的叙事特征

[普拉斯柯维亚向圣像跟跄走去,在圣像面前倒下。

福　玛　　　（望着沙夏的背影）可怜的家伙!

阿斯代里　　跟一个理想比起来,一个人算得什么?

[普拉斯柯维亚滚了一下,死了。

母亲心目中儿子的美好形象倒塌了,她无法承担这种打击,把儿子送上了死路,自己也伤心死去。

综上所述,通过故事事件和故事实存的分析,可以得到独幕剧很少选取党同伐异、大国崛起、革命战争等宏大的社会题材,很少以民族振兴、家国情怀作为立足点,更多是将目光聚焦在身边的事和人上,以平视的态度,从小处切入社会话题,最大化的反映社会中普通民众的生活。简单地说,独幕剧在故事层面关注的是小人物的小行动和小行动所引发的生活化的小事件。独幕剧在人物塑造上偏向于功能性人物,在人物形象上关注社会的中下层的"小人物";在环境背景上,突出社会背景,巧用小道具,善于运用象征型环境和反讽型环境。

第三章 独幕剧文本"话语"的叙事特征

作品的形成离不开叙述,作品的价值和意义是在话语中获得的,"话语"是叙事艺术的源泉,各异的话语方式会表现出不同的叙事作品。古往今来以友情、爱情、亲情为主题的作品不计其数,即便主题相同,但是千变万化的叙事方式产生了丰富多彩的叙事作品。独幕剧的故事素材大多来源于"小人物"的日常生活,少了些传奇色彩,多显平淡,而独幕剧文本独特的叙事魅力更多是来自于叙事话语的多元化表达。

第一节 叙述结构

叙事学中对于结构的分析由来已久,叙述结构就是研究戏剧文本材料的布局,包含两个关键点,其一是以文本为基础;其二是研究如何对人物进行统筹和对情节的组织排列。叙事学中的叙述结构可分为内部结构和外部结构两种。内部结构即第二章"故事"中所探讨的序列、事件等组织方式;外部结构是指"从情节和场面之中,叙事形式本身可以看到的东西,通过一定的媒介所呈现出来的文本形态与整体布局"[①]。本章节研究的是外部结构。

[①] 董小英:《叙述学》,社会科学文献出版社2001年版,第288页。

一、从叙述方式看独幕剧的结构

从叙述方式角度看戏剧结构可以分为开放式结构和锁闭式结构。霍洛道夫在《戏剧结构》中认为"在世界剧作史上尽管采用的结构处理方法是多种多样的,但不难看出有两种结构类型,一种是锁闭式结构,另一种可以叫作开放式结构。"① 开放式结构就是戏剧从事件的开端写起,按照开端、发展、高潮、结局安排情节,故事的发展与人物的命运,要有头有尾地把整个事件的全部过程,原原本本地在舞台上呈现,集中、完整的情节,步步紧逼、场场推进的形势,外在的冲突与内心的挣扎交织在一起,形成紧张、激烈的戏剧氛围。与开放式结构相对应的是锁闭式结构,这是一种从接近高潮或者靠近结局开始写起,在戏剧开场就呈现出矛盾冲突最尖锐、最激烈、最紧张、最扣人心弦的时刻,对于过去的事件和人物关系,采用"回溯法"陆续交代,戏剧气氛始终紧张,一触即发。这种结构最大的特点是凝练、浓缩、集中、强烈。

(一)锁闭式结构

独幕剧由于容量小,长度有限,独幕剧在结构上为避免松散、拖沓和浪费,所以更多选用精巧的锁闭式的结构。锁闭式结构具有广度较小,深度较大的特点,这里展开矛盾冲突,和解决矛盾冲突都必须是迅速简捷的。熟悉独幕剧编剧技巧的孟犁野先生认为:"锁闭式结构类型不以反映剧情之复杂见长,却以表达剧旨之深、剧情之浓取胜,因此,我们虽不能说所有

---

① [苏]霍洛道夫:《戏剧结构》,李明琨等译,华东师范大学出版社1981年版,第26页。

的独幕剧都应采用锁闭式的结构,但是我们要说,这种结构方式非常适合独幕剧短小精悍的特点。便于它扬长避短。我们在独幕剧的创作中不妨采用并发展这种结构方式。"① 如果我们将众多的独幕剧剧作结构归类,正如孟犁野先生所言,以采用"锁闭式结构"的剧作为多。

英国詹姆斯·马修·巴蕾的独幕剧《十二镑钱的神情》是一部以当下的戏剧动作引发前史,以前史的发现再推动当下戏剧动作的锁闭式结构的剧作。凯蒂和西摩斯是剧中的两个主角,也是剧中两个相互较量产生戏剧冲突的人物。但是,一个是小小的自谋生路的打字员,那架打字机仅值十二镑钱;一个是即将升为"爵士"、自以为有二十五万镑身家的所谓社会成功人士,凯蒂与其较量并最终获得精神上的胜利。这些关乎人物形象塑造和戏剧冲突表现的问题,如果处理不好的话,则会直接影响剧作主题的体现。

为加强凯蒂这一人物形象塑造,剧作中特意在她与前夫西摩斯产生冲突与碰撞前,安排了一个她与西摩斯太太在一起的场面。在这一场面中,通过众多的细节表现:如当她拎着打字机进门,见到女主人西摩斯太太后,不等对方询问就先主动开口说话。回答问题时没有卑微地言必称"太太"。想脱下帽子,干脆自己先脱了,然后再请示对方。直至她的"手"在打字机上灵巧动作,轻松自如地应付工作等行为,将一个对自己有着充分自信、能自谋生路的女性形象生动地展示了出来。这个类似于回答"娜拉出走以后怎么样"的场面,为她其后与西摩斯的冲突增强了思想性格上的力量。同样,在戏剧冲突展开的内容与方式的处理上,剧作家也考虑到凯蒂与西摩斯两人的力量对比,并始终将力量的天平倾向凯蒂一边。剧作中一个有

---

① 孟犁野:《独幕剧编剧概论》,花山文艺出版社1983年版,第43页。

趣的情节是，当年凯蒂明明为了寻找女性的独立精神而走，但她却在留给西摩斯的信中说，自己是与人私奔而走的。这一情节设计是相当巧妙的，它产生了多重的戏剧效应。对凯蒂这一人物形象来说，它表现了一个离家出走的女性与自己讨厌的丈夫告别时的智慧和她的微妙心理。同时它也将剧中人西摩斯和剧外人（观众）都先引入了一条歧途，而后再层层揭开凯蒂出走的真相。这种先误后正、先曲后直的方式，不失为增加剧作戏剧性一个技巧。但更深沉的作用，则还有一层为增加人物力量对比的深意。不可否认，由于地位的差异，容易造成西摩斯的强势和凯蒂的弱势。如果简单揭示当年凯蒂出走的真相，则难以打击西摩斯自我得意的良好感觉。然而当一个男人得知自己的老婆跟别的男人跑了的时候，则这个男人哪怕地位再高，再有权有势，也不免有受打击的心理。剧作中以凯蒂的一句台词："来一个公平交易吧，你告诉我所发生的事，我告诉你他是谁。"[①] 既还原了当时的情景，又尽情地戏弄和奚落了备受老婆出走打击的西摩斯，让人好不痛快！尽管情节是虚拟的，但它产生的效应却是真实的，它对于增强凯蒂在戏剧冲突中的力量对比是非常有力的。

帮助加强凯蒂人物形象塑造的还有西摩斯太太，这里运用的是侧面烘托的技巧。看起来西摩斯太太是游离于西摩斯和凯蒂两人间的冲突的，但她在凯蒂离去后，剧作结尾时流露出的神情——对凯蒂的羡慕，以及询问那些打字机的价钱，同样也是凯蒂精神的延续和对西摩斯的打击。剧作家表现西摩斯夫人用的是轻轻一划的笔触，但这轻轻一划不仅对西摩斯太太的形象塑造有很大的意义，同时对于凯蒂的形象塑造和主题的体现都是一个极为有力的补充和深化，给全剧留下了"余音缭绕"的意味。

① 施蛰存：《外国独幕剧选》（1），上海文艺出版社1981年版，第37页。

奥地利阿瑟·显尼志勒的独幕剧《绿鹦鹉》运用的也是锁闭式结构。演员亨利一上场，就表示"今天准备了一场最惊人的戏，能叫每个人都不寒而栗。他们会预感到他们的世界就要完蛋……"[①]，预示着有不寻常的事情发生，以悬念引起观众的兴趣。到快要结束的时候，亨利又上场了，他报告给大家，他杀了卡地岗公爵。有了前面的伏笔，观众认为这里亨利以演员之微力杀公爵，合情合理，不由不为亨利的安全担起心来。但事实上，公爵并没死，亨利只是在假想中杀了他，正当观众为亨利的行为可怜可恨时，他却出人意料地亲手杀了上场的公爵，因为，外面的革命形势大好，他已不必顾虑。情节摇曳生姿，令人赞叹。并且在安排人物上场和下场上也很有讲究。先借老板甫罗斯佩和哲学家格拉赛以及裁缝勒伯莱之口，点出革命已经爆发。然后是警官上来，对酒馆里上演戏剧进行干涉，表明统治阶级对革命的监控压迫和惶惶不安。接着，老板兼剧团经理甫罗斯佩所雇用的一大群演员上场，对当时的社会风情进行渲染，组成一幅生动的众生相，并且从演员口中引出亨利。亨利又带出了妻子刘卡娣，交代与公爵之间的矛盾。随后是公爵上场，充分展示自己的浪荡无耻后下场……人物的进退上下安排得非常有序。这个戏的结构类似"戏中戏"，但又不完全相同。剧情发展到最后，才提示出演员亨利并非在演戏，进行的是真正的革命。酒馆中的戏和现实中的革命互相交融，遥相呼应，演员既是演员也是革命者。通过酒馆中来来往往的人，以及这些人的言谈举止，从一个侧面反映了当时风起云涌的斗争。

独幕剧人物不多，故事并不十分复杂，采用锁闭式结构，集中表现戏剧性危机。剧情从临近高潮处开始，有一个发生在过去却严重影响当前的秘

[①] 施蛰存:《外国独幕剧选》(2)，上海文艺出版社版1981年，第217页。

密构成悬念,随着悬念的逐步"发现",剧情实现"突转"并迅速结束,所以最具戏剧效果。亚里士多德曾说:"'发现'与'突转'必须由情节的结构中产生出来,成为前事的必然的或可然的结果。"他还指出"突转"是指剧情突然急剧发生变化,往往是一百八十度的大转变,所谓"由顺境转到逆境,或由逆境转到顺境"。① 英国的戏剧理论家威廉·阿契尔认为,在一个戏中,"其中一个场面突然出现于其他场面之上,在观众的脑海中产生了特别动人的印象,十之八九会'发现'这场戏里包含着一个突转。这样的场面是戏剧中的精华,是戏中最有戏的戏,它是一个十分集中的、精彩的激变"②。我国清代著名戏剧理论家李渔指出:"水穷山尽之处,偏宜突起波澜。或先惊而后喜,或始疑而终信,或喜极信极而反致惊疑。务使一折之中,七情俱备,始为到底不懈之笔,愈远愈大之才……"③ 这里所说的突起波澜,先惊后喜,反致惊疑,与亚里士多德所说的"突转"应是一个含义。中外的戏剧理论家都非常重视"发现"与"突转"这一重要叙事技巧,在锁闭式结构的独幕剧中也常常使用这一重要的叙事技巧。

英国郝登的独幕剧《故去的亲人》很好地运用"发现"与"突转"。斯雷特太太一觉醒来,"发现"父亲阿拜尔已经死在床上。于是,姐妹俩和两位连襟之间为侵吞遗产而唇枪舌剑,正骂得不亦乐乎时,父亲阿拜尔却出现在他们面前。4人大惊,原来父亲只是昏睡过去,并没有死。本剧的构思无疑十分精巧,表现揭露批评不孝的子女,并不是干巴巴的说理或是表现

---

① [古希腊]亚里士多德:《诗学》,罗念生译,人民文学出版社1982年版,第26页。

② [英]威廉·阿契尔:《剧作法》,吴钧燮、聂文杞译,中国戏剧出版社2004年版,第225页。

③ (清)李渔:《李笠翁曲话》,中国戏剧出版社1962年版,第49页。

其残忍，而是展现误以为老人死后，姐妹俩钩心斗角抢夺家产的行为。在"发现"与"突转"上，运用老人死而复生这一事件，造成峰回路转、出人意料的结果。而且，该剧在结构上还有一个特色是，几乎剧中所有的"发现"与"突转"都是由剧中一个小角色——斯雷特太太的女儿维多利亚完成的。这个只有10岁、未谙世事、还保持着孩童的天真的人物，戏不多，话很少，却是全剧的枢纽。请看在姐妹俩因为保险金争吵时，维多利亚的一句话："妈妈，我看外公今儿早晨没去缴保险费"，维多利亚这一"发现"表明她们将无法得到保险金，它立刻引起了姐妹俩从不共戴天转到同仇敌忾上来。随后，剧作家又巧妙地借剧中人之口，把维多利亚派到楼上去看外公，在她再次回来时，孩子带来了更加石破天惊的"发现"与"突转"。

维多利亚	妈妈！妈妈！
斯雷特太太	什么事儿，孩子？
维多利亚	外公起来了。
布　恩	什么？
斯雷特太太	你说什么？
维多利亚	外公起来了。
觉登太太	这孩子发疯了。
斯雷特太太	别说傻话了。你不知道外公死了吗？
维多利亚	没死，没死。他起来啦。我看见他来着。

原来老人并没死，这该如何收场？两对夫妇都穿着丧服，他们最想做的就是瞒过老人，不让老人知道自己一死亲人就忙着分家产，把自己扔在一边不闻不问的事实。然而，维多利亚又开口了："噢，外公，你没死啊，我真高兴。"孩子的这一句不经意的真心话，也让老人一下子"发现"了什

么。同时，这一句让大人们最担心的话也造成了戏剧形势新的"突转"。

在美国曹娜·盖尔的独幕剧《街坊》中，人物之间的关系前面是紧张躁动的，后面却变得充满温情，这之间的转换是通过一个突然事件——埃斯沃斯太太收养孤儿，导入而发生变化的。正是有这一变化，才给了众人以足够的表演空间，写尽人们围绕此事而发生的态度变化。在这一事件发生前，人们都为自己的烦恼而烦恼，如老大娘和艾贝尔讨厌忙碌又无味的工作，彼得担心伊内兹会拒绝自己的爱情，埃兹尔气愤有人堆放劈柴占了自己的地方，莫兰太太生了病，特罗特太太家里出现只土鳖……家家都有本难念经，乏味琐屑的生活早把他们变为一群暴躁、阴郁的不可爱的动物。但在"斯沃斯太太即将收养一个孤儿"这一事件导入后，贫穷人们忘记了自己的烦恼，出谋划策地想帮助她们。连那个斤斤计较的埃兹尔，也表现得温柔、博爱。通过突然事件的导入，来写人们前后反应的变化，可以起到以少胜多，事半功倍的效果。

"突转"和"发现"可造成戏剧情节的曲折多变、一波三折、跌宕起伏，制造出奇制胜的戏剧性效果。诚如阿契尔所说："突转"是"戏剧中的一个几乎是必需的要素"[①]而"突转"又往往与"发现"同时产生，可见这一叙事技巧的重要性。

（二）开放式结构

虽然大多数独幕剧采用锁闭式结构，但根据剧情的需要，也有选择开放式结构的。所谓开放式结构，就是"把戏剧情节从头到尾原原本本表现

---

① ［英］威廉·阿契尔：《剧作法》，吴钧燮、聂文杞译，中国戏剧出版社2004年版，第224页。

在舞台上"①。此类结构样式的剧作,一般人物间没有特别复杂的前史纠葛,甚至没有一点儿的联系。

沙叶新的《约会》剧作采用的是开放式的结构方法。该剧中的刘明和路云就是这样,此前两人并不相识,也没有纠葛,他们只是在剧作开头偶然"邂逅"。然而,就是这偶然的"邂逅",却造成了人物关系较大的发展变化。在一部篇幅短小的独幕剧中,要实现人物关系令人信服的发展变化也不容易。首先是人物身份的构思:刘明是科技工作者,路云是科技图书馆的工作人员。这样的构思安排就为他们可能产生的共同语言做了铺垫。其次,剧作中还设计了前置性情节:刘明曾到路云的图书馆去借《电子计算机的技术》一书,没有借到。这就成了一个话题,一个引子,可以引出两人讨论该书,路云答应帮助刘明寻找的话题。

还有对当前戏剧动作的处理:有意延宕两人相亲对象的到来,留出足够的空间让两位"邂逅者"产生交流。为把这一过程表现得真实合理,剧作家的笔触十分周密细致。南方人较为矜持,一般前来谈恋爱的正派拘谨的年轻男女不会与不相识者搭话,所以让路云的嫂子也在,让她来完成先开口的任务。即使是这样,也并不随意让他们一见面就多话,而是让路云的嫂子见到刘明一手捧书一手拎着痰盂盖,忍不住笑了,大家才开始搭话。第二次双方说话是为了解决"哪对恋人用现在他们坐着的椅子"这个问题。第三次是因一句"对了"的误会搭话。第四次才是路云发现刘明看的书是她们图书馆的,才有了真正可能的交流。剧情发展到这里,路云嫂子的存在就是一个累赘了,就得找合理的理由让她下场,为两人的交流创造出空间。这一段就是一个重要的必须场面,是"无心插柳",要让两颗心在较短

---

① 顾仲彝:《论剧本的情节结构》,《戏剧艺术》1978年第2期。

的时间里相互接近。

这一小段戏中,还要为以后两人的继续交往做伏笔。剧作中设计了一个"遗忘笔记本"的细节。刘明提起借书查询不便,可以安装"电子检索器",路云不明白"电子检索器"为何物,这时刘明拿过路云的笔记本,在上面画图示意,后来分手时忘了归还。这本遗忘的笔记本就为两人的再次见面创造了条件,增加了两颗心走近的契机。

分析后我们也就会明白,这部名为《约会》的戏,为什么剧作一开场不先写该相亲约会的场面,而要把两个不相干人物"邂逅"的场面先行表现,就是为了给俩人关系的转化作铺垫。在锁闭式结构的戏剧作品里,戏剧动作的向前推进往往可以借助"前史"的发现、往事的揭秘,但开放式结构的作品里不可能有复杂的前史,不能倚靠过往戏剧动作来帮助推进当下戏剧动作的发展变化,在这种情况下,有意识地在剧作的前半部分为后面的戏剧动作、情节做一些铺垫就极为重要了。

赵羽翔的独幕剧《春分头一天》采用的也是开放式结构,剧中的高潮是这样安排的:二刘在萧队长的怂恿下,暗中不择手段地把饭菜、鱼肉都准备齐全,就等着大杨前来"上钩"。大杨出场后,非但不同意请客吃饭,而且明确表示——"站里有新规定,如果生产队非要请客,劝解不住时,撤回拖拉机。"说完后拿起工具袋,头也不回地就走了。这可把二刘、萧队长都傻了眼,他们只能收回坏招儿,老老实实地去向全体社员做检讨。观众看到此处真是痛快极了,甚至会觉得剧作者这辛辣的一笔是替自己出了一口闷气。但是,这个很得人心的大高潮绝不是孤立存在、偶然得之的,其实它和前面的三个小高潮血肉相连,息息相关。

第一个小高潮是二刘和小兰的初次冲突:科学实验小组组长小兰曾多次要求队里支出一笔钱购买根瘤菌和血粉做试验用,但是二刘都以"没钱"

为借口，不予同意。事后当小兰发现二刘竟然暗中用公款买鱼买肉准备招待大杨时，尽管自己与大杨是未婚夫妻，也照样表示坚决反对。看到这里，观众还仅仅觉得二刘可气。这个小高潮为大高潮做了最基础的铺垫。通过对人物、人物关系、人物所处的环境和正在发生事件，造成了戏剧悬念，指明了舞台动作的方向。

第二个小高潮是二刘和小兰的再次冲突：二刘非但不听劝阻，没有收敛，反而为了掩人耳目，竟然把大杨直接安排到小兰的家里去请客吃饭。小兰对此自然十分气恼，表示——"只要是大吃大喝，在哪儿也不行！"这时，观众已经觉得二刘可恶了。这个小高潮又为大高潮做了深入一层的思想上和情节上的铺垫。按照前面所指明的舞台动作的方向，人物、人物关系、人物所处的环境和正在发生的事件都起了变化，动作在一步一步地发展着。

第三个小高潮是二刘、萧队长和小兰、小兰妈、冯三嫂双方的冲突：二刘和萧队长十分顽固。一意孤行，遭到了越来越多的人的反对。小兰妈弄明真相以后，坚持要求把饭菜从自己的家里端走；冯三嫂不但因孩子生病就医向队上借钱不成，反而被二刘为办招待骗走了她家的老母鸡一事要求讲理赔鸡；小兰则更带进攻性地逼着二刘和萧队长公布请客账目，并立刻跑到社员大会上去揭发。到了这个时候，观众完全觉得二刘以及他背后的萧队长实在是可恨了。这里，通过人物、人物关系、人物所处的环境和正在发生的事件的进一步发展，沿着原有的方向预示出矛盾冲突的全面爆发和彻底解决。

三个小高潮一浪比一浪高，一笔比一笔更丰富，更扎实。此剧写出了故事的发生、发展和步步推向顶点过程中的曲折性、复杂性，量和质的变化。这样，就让人清晰地看到，社员群众那种理所当然的正义之火，在逐步地燃烧起来，为大杨最后的拒绝"上钩"作了充分的牢固的准备，极具故事性。

开放式结构的好处是广度宽，曲折多，原原本本，有头有尾，场面热闹，容易看懂，并且时间拉得长，人物性格有发展过程，情节曲折多变化，容易写得生动，但是独幕剧受时间和空间的限制，广度愈宽，所选的情节必须愈精。

二、从叙事线索看独幕剧的结构

从叙事线索上来看，戏剧结构可以分为板块结构和线性结构。板块结构是"一些没有直接联系的人物、事件和现象，按不同的人物、时间、地域、事件主题等分成几个块，块与块之间不一定构成起承转合的关系"[①]。在线性结构中，又可细分为单线结构和复线结构。单线结构是一个事件或人物按照时间顺序贯穿到底，这样的结构清晰简单，但也容易使作品显得单薄；复线结构指在同一作品中，以两条（或两条以上）线索的不同形态的组合来结构篇章。

（一）板块结构

传统的西方戏剧（多幕剧）采用的就是块状结构。"Drama"（戏剧）的原意即是动作或行动，"Act"（幕）的原意是行动，"Actor"（演员）直译为"行动者"，所以对行动的模仿方式便决定了西方戏剧，首先是剧本文学的

---

① 冷冶夫、刘新传:《微电影创作基础》，中国传媒大学出版社2016年版，第27页。

外部形式和内部结构的变化状态。由于模仿的对象是行动，情节与事件占据了相当的容量，因此西方戏剧的形态总体构建中叙事性成分多于抒情性。同时，以行动的阶段切割划分为幕，以行动的贯穿连结各种人物与事件并纠葛矛盾，也以强烈的行动冲撞来激化矛盾，推向高潮，表现为一种横向的"板块"结构。板块与板块之间，则通过经纬交织联贯成情节整体，经线的主干以高度压缩的板块运动形式构成情节发展的连贯性。任何一个板块（幕或场）都不可能单独切割出来而不损害全剧的经络，而且任何一个板块（幕或场）都难以从整体中独立出来而成为欣赏的对象，所以多幕剧在实际的舞台演出中，几乎都是全剧搬演的，正说明其结构具有不可或移的特征。如《雷雨》就是板块结构的四幕剧，地点基本在周朴园家的客厅，只有第三幕例外。每一幕表现一段时间内发生的事情，全剧以周朴园和侍萍的冲突为主线，以他们所派生出来的周家和鲁家的冲突为次要线索，将四个板块组合起来。

由于独幕剧其容量的限制，板块结构相对较少。苏联剧作家斯涅果夫的独幕剧《款待客人的法律》讲述了为阻止各国左派人士赴伦敦参加世界保卫和平大会，督察长史文敦、税关检查员别斯威克和警察辛得维奇奉命在海关设卡，严查每一个入境的外国人。第一个入关的意大利教授布尔关措尼先生，由于其言辞具有明显的左派倾向，立即被史文敦礼送出境。同样来赴会的波兰女歌唱家见势不妙，施展出色的公关手段，三个愚蠢的英国官吏被表象所迷惑，殷勤地将她送入境，等到他们调出女歌手的档案一看，才明白她是左派人士。法国公民米洛太太来英看望病危的孙女，仅仅由于她叔叔曾为巴黎公社社员，也被拒绝入境。做走私金表生意的保布，被查出皮包的夹层中藏有一大批金表，三个贪婪的海关官员不但没将保布绳之以法，还与他达成协议，将走私的利润二一添作五。"马歇尔计划"实施机关的首脑保赫曼入关时态度蛮横,史文敦还没有弄清楚他的身份,便将其一顿暴揍,待知道自己犯了大错,连忙作揖赔礼,一副奴颜婢膝,目睹了这出丑剧的莫斯科"腾利"工厂工人彼得,对这三个小官吏嗤之以鼻。史文敦等三人了解到彼得也是来参加和平大会的,便找借口阻止其入境,正当双方僵持不下时,传来伦敦工人罢工声援和平大会的消息,为平息事态,英国高层作出让步,命令海关对参加会议的人士一律放行。这部独幕剧中三位贪婪势利又胆小怕事的英国小官吏贯穿始终,每个入关的人都可以看成一个独立的板块,独幕剧运用板块结构的好处是结构框架不复杂,开放的自由度比较大,它可以串联起或多或少的故事,但是容易造成结构的松散。

(二)线性结构

1. 单线结构

独幕剧情节的开展是以事件为线索,有头有尾地自然铺开,把事件的完整过程在舞台上呈现出来,形成一条情节线。单线结构就是只以一个人、一件事、一种情感、一股意识、一条观念或一种品质为线索的结构形式,一般不允许纠缠许多人与事,时间跨度较短,情节的纵向发展比较单纯,尽量减少横向联系,带给观众以单纯、明了而统一的审美感受。单线结构其特点是"思路不分,文情专一"。不管是叙述外在世界的某种人、事,也不管是表现内心世界的特定情态,都可以因内在的某一线索,将其连贯成清晰完整的有机过程。

独幕剧主要采用单线结构,单线结构并不是说独幕剧只能有一条情节线索,而是说有一条主线鲜明突出,处于主导地位,贯串全剧始终,其他情节线索作为副线,从属主线,围绕主线。独幕剧用单线结构可使矛盾冲突集中尖锐，情节紧凑连贯，悬念层层迭起，剧情发展脉络清楚。

契诃夫的独幕剧《求婚》，讲述洛莫夫是位肥胖易犯病的地主，他于某日清晨来到邻居地主丘布珂夫家里，向他的女儿娜妲丽姬求婚。他在胆怯多疑中等来了娜妲丽姬，不料却因为一块地的归属同娜妲丽姬争吵起来，反倒忘了求婚的本意。伶牙俐齿的娜妲丽姬父女俩骂得洛莫夫险些心脏病复发，最后不欢而散。在他走后，丘布珂夫和娜妲丽姬尽情朝笑着洛莫夫，父亲无意中提到洛莫夫原来是来求婚的，于是轮到娜妲丽姬呻吟了，她要父亲快快把洛莫夫请回来。在接下来的冲突中，返回的洛莫夫仍为地的归属争论不休，娜妲丽姬表示让步并竭力想把话题转到求婚上来，谁知又为一条狗争论起来。娜妲丽姬第二次忍无可忍，洛莫夫第二次心脏病发作，昏了过去。娜妲丽姬、丘布珂夫又悔又恨，以为他死了。在洛莫夫再度醒来时，丘布珂夫喜怒交集地宣布两人成亲，为的是让他们"别扰乱我"，沉浸在订婚喜悦中的洛莫夫仍然寸步不让，戏剧就在洛莫夫和娜妲丽姬关于狗好坏的争吵中，丘布珂夫竭力想岔开争吵的吆喝中结束了。全剧只有一条情节线——洛莫夫向娜妲丽姬求婚，但是单纯的情节线不代表简单，是把简单的事情复杂化，看似简单的求婚，夹杂着两次冲突。契诃夫的另外一部独幕剧《蠢货》，也采用了单线结构，情节线为一次直接的面对面追讨债务的行动。剧中没有复杂的人物关系，也没有复杂的纠葛。债权人要讨钱，债务人不给。一个准备讨不到钱就不走人了，一个发怒了。债权人见债务人发怒了，自然不能忍受，提出要"决斗"解决问题。

丁西林的《一只马蜂》，这部独幕剧的喜剧性在于：一对聪明的有情人，因为一场风波招架得法，反而因祸得福，而使得"愿天下有情人无情人都成眷属"的老太太枉费心机，大大地出了洋相。首先，揭开吉先生和老太太对待婚姻问题观点不同的基本矛盾，然后引入余小姐。新老两代人

第三章 独幕剧文本"话语"的叙事特征

物之间的思想隔阂，终于使老太太盲目地当了儿子幸福的绊脚石，形成一场误会：吉先生在追求余小姐，老太太却要为她的表侄做媒。于是一切问题都归到余小姐身上，她究竟如何回答老太太的做媒？这就成了全剧的一条贯串线索。接着，余小姐对求婚未做正面答复。她只是要求，请吉先生把老太太的意思写一封信，由她寄回家去征求父母同意。结果，自作聪明的老太太认为，这就是默认了，并且深赞这位大家闺秀的含蓄蕴藉，两人说得更加投机，真仿佛这杯喜酒已经喝上。然而事实上，这却正是余小姐的一条"金蝉脱壳"之计。表面看来，吉先生已经全无希望，进入绝境。实际上，这完全是个错觉，剧作家就是利用了这个错觉，为吉、余爱情的转折，安排了一个有决定意义的伏笔。于是，当老太太拿着这张为她开的"空头支票"，却给吉先生送去了一个希望的禅符，立刻便如绝路逢生，一个急转弯，推起了最后吉先生胸有成竹地去向余小姐试探真情的高潮。剧情转变，迅速逼向解决。这部剧的"最重要的部分"便是剧中最后一段吉先生与余小姐的一个场面。

吉先生 是的。你可以不可以陪我？

余小姐 陪你做什么？

吉先生 陪我不结婚。（走至余小姐前，伸出两手）陪我不要结婚！

余小姐 （为他两目的诚意与爱情所动）可以。（以手与之）

吉先生 不过我的母亲告诉我，说你已经答应了做她的侄媳妇，那怎么办？

余小姐 （得意）那没有什么，我的父母不愿意我嫁给医生！
（失声大喊）喔！
[老太太由右门，仆人由左门，同时惊慌入。吉先生已释手。

老太太　什么事，什么事？

　　　　　　［余小姐以一手掩面，面红不知所言。

　　吉先生　（走至余小姐前，将余小姐手取下，视其面）什么地方？刺了你没有？

　　老太太　什么事，什么一回事？

　　余小姐　（呼了一口深气）喔，一只马蜂！（以目谢吉先生）①

　　薄纸一捅即破，可是全剧的疙瘩解开了，吉、余之间的雾障消散了，老太太也从云端里一个跟斗栽下来了。就是余小姐这么轻松愉快的一句话，解决了大问题，形成全剧突起的奇峰。

　　单线结构要让剧情扣人心弦，悬念十足，而造成悬念的主要手法就是延宕。比如，英国邓珊奈爵士的独幕剧《小酒店的一夜》，该剧的故事发生在荒无人烟的酒店，时间是深夜，主人公是一群命案在身、手段毒辣的强盗，令他们魂飞魄散的对手，却又迟迟不现身，恐怖气氛一潮高过一潮。一开始，三个小强盗想扔下老强盗，独吞从神像额头敲下来的红宝石。老强盗"老爷"对此不置可否，显得成竹在胸。三个小强盗出门后却匆匆逃回，乞求老强盗的原谅、庇护，这说明"老爷"才是个狠毒角色，果不其然，这个强盗头子接下来不动声色地导演了一场杀人戏，在短短的时间内，用三条不同的计谋，连杀了三个祭师——这气氛比刚才不知要恐怖多少倍。随后他们就在尸体旁边，欢天喜地地开始庆功，谁知更恐怖的事发生了——在讲述"老爷"杀人时非常干脆利落，这里却有意延宕，一个强盗惊慌地回到室内，拼命央求"老爷"收回给自己的那份红宝石。

---

　　①　中国现代文学史参考资料：《独幕剧选》，上海教育出版社1979年版，第73—74页。

史尼格 老爷,老爷,我待你永远是公平的,老爷,我从前常常说:给老爷一个机会。你把我这一份拿去吧,老爷。

老 爷 到底是怎么一回事?你这是什么意思?

史尼格 你把我这一份收回去,老爷。

老 爷 你回答我,到底是怎么回事?

史尼格 我不要我那一份了。皮尔你看到警察了吗?

〔亚尔培抽出了他的刀子。

老 爷 不,不要动刀子,亚尔培。

亚尔培 那么怎么样?

老 爷 在法庭上说老实话,不过不要提起红宝石。是人家先来打我们。

史尼格 没有警察呀。

老 爷 那么,是怎么回事?

皮 尔 你说呀。

史尼格 我对上帝发誓……

亚尔培 什么?

老 爷 别打断他。

史尼格 我发誓我看见了一个……我不喜欢的东西。

老 爷 你不喜欢的是什么呀?

史尼格 (淌着眼泪)啊,老爷,老爷,你收回吧。你把我的一份以眼还眼吧。你说呀:你收下了。

老 爷 他看见了什么呀?

作者有意延宕,不去揭开谜底,等到吊足了胃口,恐怖的气氛到极点后,史尼格看见的东西终于出现了,此时,是只见其形不闻其声,但已足够恐怖。

[接着听到一个冷酷的、铁石似的脚步声。进来的是一个凶恶的神像。它的眼睛是瞎的,它摸索着前进。它摸索着走到那块红宝石旁边,把红宝石捡起来嵌进在额角中间的眼眶里。①

之后又是延宕。神像下场了,可它可怕的声音却出现了,它一个接一个呼唤着他们的名字,强盗们一个接一个身不由己走了出去,虽然作者没有说清等待他们的是什么,不过不难看出,等待他们的一定是非常可怕的万劫不复。舞台上空无一人,充溢其间的是恐怖的气氛。

在独幕剧中采用单线结构时,首先,理清主要矛盾冲突双方的行动线,及其逐渐发展直至高潮的层次,并从中体现全剧的主题思想。其次,安排副线必须起到推动主线情节,丰富主线内容的作用,而不能干扰主线,甚至喧宾夺主,影响主线发展和主题思想的深化。最后,副线不宜过多,一般不过一两条,并与主线有机联系、汇合,形成一个艺术整体,而不能与剧本整体结构相游离。

比如,夏衍的《赎罪》《娼妇》都是有一主一次两条情节线的单线结构,《赎罪》中梁凌生和妻子李云之间的矛盾纠葛是主线,他和同事祝少甫之间的冲突是副线。梁凌生在战争引起的混乱局势中偷盗了国家的巨额钱款,对新婚的妻子李云却谎称是继承了叔父的遗产。然而,沉重的精神负担使他出现了种种反常现象,这便引起了李云的疑惑。但梁凌生又要千方百计蒙骗妻子,于是,夫妻之间的情感纠葛便构成了剧作的主线。这时,

---

① 施蛰存:《外国独幕剧选》(1),上海文艺出版社1981年版,第205—206页。

梁凌生又遇到了了解自己过去情况的老同事祝少甫。祝少甫对梁凌生的突然发财迷惑不解，一定要了解真相，梁凌生便编造了种种谎言来隐瞒真相，于是两人之间的矛盾构成了副线。副线是为主线服务的，副线上的冲突促使主线上的矛盾激化，达到高潮后予以解决。经过祝少甫的逼问后，梁凌生最终向妻子吐露了真情，并在妻子的鼓励支持下，把钱款交给国家以赎罪。全剧的发展紧凑和谐。又如，在《娼妇》中，老李的情节线索是主线，妓女红媛的情节线索是副线。红媛善良的本质衬托出老李内心的卑劣，也使老李受到良心的谴责而悔悟。在两条情节线索的映衬对比中，使主线显得更加突出，取得了较好的艺术效果。

孙芋的独幕剧《妇女代表》三条线索，一主两次的单线结构。剧中写农村先进妇女为了争取民主、平等和政治权利，对具有夫权思想的男人和顽固的婆婆进行斗争，结果获得了胜利。剧中包括三条线索。

①张桂容和婆婆王老太太、丈夫王江之间的矛盾冲突。

②张桂容与牛大婶之间的冲突与和解。

③张桂容与翠兰（代表农村中的进步力量）的关系。

这三条线索中①为主线，②③为副线。三条线索之间是不可分割的整体，相互纠缠、相互制约、相互影响、相互牵连，造成了戏剧冲突的多样化、深刻化和复杂化，从而使戏剧情节跌宕起伏。

另外在独幕剧中也有多条线索交织，分不清主次，但是所有的线索围绕同一个人或事，可以称为一种特殊的单线结构，比如富兰克林·多明格斯的独幕剧《最后的瞬间》，从大的方面讲，通篇是一个人的独白，所有的一切都是诺埃米头脑中的所思所想，但其中是三方面的内容，三条线索。

①对自己的行为和命运的困惑（这方面包含她不断地考量着自己行为的道与否，如剧本开头的第一句话就是："对我讲道德！"；也包含着她对

自己周围环境的考量，有这样的台词："谁是有道德的呢？"这方面的内容主要是思维性、思想性的）。

②思维中带出自己曾经的遭遇（从代数教授讲起，渐渐地把她所遭遇到的一切讲了出来。这方面的内容是带有故事性的）。

③现场发生的情节（走在街上，和过路人的相遇；不断地向行人讨要香烟。剧作家处理的巧妙之处是：让交流对象不出现。这方面的内容特点是现场性的）。

寻找到这三条线索，对于我们分析这样一个心理式结构的作品是有意义的。首先可以看到对剧作结构表层形态无序的强化。有意识地将三条线索，三方面的内容，跳跃性地夹杂在一起表现，故意制造剧作内容的非清晰化，以显示人物思绪的意识流。如诺埃米开口说话的第一段台词，就将三方面的内容都带出来了。让诺埃米时断时续地带出自己的人生故事，以时断时续的切割打破叙事的清晰和有序。不仅如此，即使是时断时续的回忆，也尽量不使其叙事逻辑清晰，以类似于"锁闭式结构"的方法叙述故事，在颠颠倒倒中完成故事的叙述。如先提到了代数教授，又提到了自己的所谓犯罪，再提到自己喜爱的男朋友莱昂西奥。开头先将和自己人生命运有重要关系的人物几乎平行地端出，先将自己的命运结局端出，然后再丝丝缕缕地逐渐透露。这种颠倒的叙述方法也有利于打破逻辑，造成剧作表层形态的无序。

2. 复线结构

复线结构中的情节线一般呈现出平行式和交叉式。平行式是两个人、两件事或一种事物的两个方面同时进行，而互相比照、影响，进而形成某种特定意义。这种平行式线索也可以称作"对位法"（或称"复调"）。其特点是：将两个或多个本来可以各自独立的主人公或故事，有意对列地平行

第三章 独幕剧文本"话语"的叙事特征

地展现，进而使组合之后整体篇章的内涵、意义，大大超越两个单独人事各自内涵或意义以及两者的机械相加，而是升华为一种意境阔大、内容丰厚、别具新意的艺术结晶。简言之，一加一大于二；交叉式是两条或两条以上线索均有各自的逻辑进程，又在适当时空里交叉、碰撞或局部融合。这类结构更自然、更真实：因为现实生活中的一个有机的整体画面，它的各个方面、各个局部、各个层次不可能截然分离，总有这种那种的联系、这种那种的碰撞。

多幕剧中的情节线更多是复线结构，比如奥尼尔的三幕剧《榆树下的欲望》，该剧的故事背景发生在19世纪中叶美国新英格兰的一个农场。75岁的农场主伊弗雷姆·凯勃特娶了一个比他年轻40岁的漂亮妻子爱碧。老凯勃特这第三次婚姻，使得他的三个儿子都愤愤不满，第一个妻子所生的彼得和西蒙，眼看着继承农场财产的希望随着新继母的到来而破灭，他们再也不愿意像长工那样地为父亲当牛做马，第二个妻子所生的小儿子伊本趁机与同父异母的兄弟做了一笔交易，他偷了父亲藏在地板下面的钱，买断了两个哥哥的继承权，彼得和西蒙毅然离家出走，到加利福尼亚淘金去了。伊本为了这片土地，怀着对继母爱碧本能的敌意留了下来。爱碧性感而年轻，伊本像他父亲一样被这个女人的肉体所吸引，终于经不住爱碧的诱惑，两人勾搭成奸，并生下一个儿子。最后，当伊本从不知情的父亲口里听到农场属于爱碧与他们的儿子，爱碧早就告发他想调戏她时，父子之间的仇恨爆发为一场暴力行动。为了能留住伊本，向他证明对他的爱胜过世界上的一切，爱碧忍痛杀死了她和伊本的儿子。愤怒的伊本在报警后意识到他们之间的爱是那么真挚而强烈，他赶回来和爱碧一起承担罪责，双双跟着警长去接受法律的制裁。该剧共有两条情节线，主线是继母与继子的不伦之恋；辅线是以凯勃特一家争夺农场继承权。表面上看是父亲凯勃特和小儿子伊本为了一个女子爱碧在争风吃醋,实际上还有一条线索,另外两个到西部去淘金的儿子在内的所有人员的活动都是围绕对农庄的控制、贪婪和攫取而展开的,全剧蕴含的主题则是人们对占有和存在本质区别的麻木。

多幕剧的整体构造是板块结构,板块之间是连贯的情节线,并且情节线的设置要比独幕剧复杂曲折很多,情节线之间有更大的独立性。

三、从叙事人物看独幕剧的结构

从叙事人物角度看戏剧的结构可以分为一人一事、一人多事、多人一事、多人多事。由于独幕剧体量的限制,采用的结构多是较单纯的前三种,多人多事更多为多幕剧所采用。

(一)一人一事

这种结构主要描写一个人物,采用一线贯穿的戏剧组织方式。我国的传统戏曲多为此结构方式。一部剧作中虽有很多人物,但必须有一个作为中心人物,其他只能是他的"陪宾";剧本中必须有一个"中心事件",其他均为"衍文"。采用一人一事的结构方式可以做到独幕剧故事情节的单纯性,优点是事件完整,故事集中,结构严谨,思路精练。作为小型戏剧的独幕剧多采用一人一事的结构。

在1903年契诃夫创作了《论烟草有害》。该剧出场人物仅为一男性角色,契诃夫为他的独白设计了一个既有现实生活依据,又契合台上台下关系的场景——一次面对大众的演讲。但这个男人对正经的演讲内容"论烟草有害"发挥不多,通篇夹杂着的是他对家中厉害的妻子的抱怨。

罗马尼亚的扬·卡拉迦列的独幕剧《莱欧尼达先生遇见"反动派"的时候》,莱欧尼达先生是中心人物,中心事件是遇见了"反动派"。莱欧尼达是位对革命一知半解的小业主,他最爱在妻子面前卖弄一知半解的革命道理。这天晚上,他们听到外面又是吼声又是枪声,再看报纸,上面写着"反动派"要反攻,他们一下子紧张起来,打算逃走。后来才发现,原来所谓的"动乱",不过是一群酒鬼在闹腾。这个故事情节其实很简单:两个小市民起初以为革命爆发十分慌乱,后来得知原来不过是一场虚惊。但为了取得最佳的讽刺效果,让最初的慌乱和最后的虚惊之间的落差更大,进行了必要的延宕。全剧共有五个层次,第一个层次是莱欧尼达对妻子大谈革命,可以算作对人物性格的初步素描,最后一个层次则是谜底揭开,中间三个层次则全在为革命爆发、"反动派"到来造势。其中第二个层次充分利用戏剧特点,给人物设计了丰富的动作,加以音响效果,一派"山雨欲来风满楼"的架势。第三个层次是莱欧尼达说服妻子并没有发生什么革命。到了第四个层次,气氛一下子紧张起来,再理性的观众这会儿也难免被感染——夫妻两个真的听到枪声,而且报纸上白纸黑字写着"要警惕",于是他们又是计划出逃又是收拾包裹,紧促的敲门声无疑让紧张的气氛绷得更紧,百般无奈之下,他们打开了门——戏剧气氛通过延宕,终于到了高潮——发现原来全是场误会。

一人一事的结构,一般不去追求繁杂的场景或人物关系,观众的注意力也更容易集中于主人公的命运,更容易把握事件的来龙去脉,从而有利于对此人、此事予以或精细、或绵长的生动演绎。

(二)一人多事

通过几件事来写一个人,重点在写人。弗朗克·维特金德的独幕剧

《男高音歌手》,剧中的主角是年轻而富有魅力的著名男高音歌手杰拉尔多,抓住了他在一城市演出完毕转场另一城市,赶火车前的四十分钟时间里,发生在他入住的旅馆房间里的故事。以主要人物杰拉尔多为中心,串起三个闯入他房间中的人。第一个故事与第三个故事相似,写的是"粉丝"和"明星演员"之间的故事。第二个故事表现的是一个年老不得志的歌剧编剧希求得到名演员帮助的故事。三个闯入者各有各的故事,或有求于杰拉尔多,或与他有某种纠葛,但三个闯入者彼此之间没有纠葛。一部剧中有三个故事,一个人物来串联,这一结构样式的好处是结构框架不复杂,开放的自由度比较大,它可以串联起或多或少的故事。在一人多事结构中,主人公还是一位,不过其经历的主要事件却有多个,相对来说至少在事件的复杂和丰富上略有变化。

(三)多人一事

多人一事,重点在于写事件,而不是塑造人物。比如克利福德·奥德茨的独幕剧《等待老左》,这部剧不是集中塑造某一人物的剧本,而是一部以写事件为重点的剧本。剧本开头,提出的是"要不要举行罢工?"的话题,工人代表和工贼各执一词,吵吵嚷嚷的。但随着争辩展开的,没有喋喋不休抽象地展开两种不同意见,而是转换出一个又一个形象化的生活片段、戏剧场面。如果说讨论罢工是一个大事件的话,那么这些片段式的生活画面就是一个又一个小事件;讨论罢工的话题,就像是一条线,把那些生活片段串联起来,使全剧形成了一个整体。整个作品除却包含"工会开会讨论罢工"首尾呼应的2个片段外,还组合了5个片段。其结构的框架为:

①开头——工会讨论罢工问题,寻找工会的代表老左,可老左不在;

第三章 独幕剧文本"话语"的叙事特征

②乔和埃德娜；

③助理研究员插曲；

④年轻的出租汽车司机和他的女友；

⑤工贼插曲；

⑥实习医生插曲；

⑦结尾——重新回到会议现场，传来老左被害的消息，大家群情激昂高呼"罢工"。

它的好处是能轻而易举地将分散的生活材料整合起来，但它以牺牲连贯的线性情节的弱点也显而易见，如处理不好的话，整个作品的整合性就会弱一些。一般而言，运用首尾呼应是一种整合的技巧。在独立的片段进行中，强化整合性的因素。如该剧在第一个"乔和埃德娜"的片段中，克利福德·奥德茨在舞台指示中就强调了坐在边上的罢工委员会的人"应该随时穿插些各自各样的议论，以政治性的，以表示喜怒哀乐的，起到合唱队的作用。还有窃窃私语声……"。其目的除了增强现场气氛的活跃，更主要的是为了将局部情节与整体融合起来；而该剧的第四个插曲"工贼插曲"，也与前三个片段不同，剧场暗转以后，并没有将时空转换出去，而是回到了剧本开头的工会开会现场，再次表现了开会现场的工人代表与工贼间的矛盾冲突，作为整个作品首尾呼应的一个中间接应点，其目的也是为了增加全剧的线性情节，强化全剧的统一性。

卡尔·艾特林格的独幕剧《利他主义》集中描画了一群自私的利己主义者的嘴脸，有的是直接揭示的，如市民与美国人。市民一家人来到咖啡馆，孩子见到乞丐乞讨，问父母要钱，女市民让丈夫拿出来，丈夫却借口皮夹子里没有零钱，拒绝给予；美国人见到乞丐落水，非但不救，还要和众人打赌，看他会不会被淹死。有的是通过言行的比照表现的，如那个青年人,看到乞丐跳下河后,他高谈阔论批评别人不去救人,自己却无动于衷,美国人讽刺他为什么自己不跳下去,他借口自己正在陪一位女士,可一会儿后,美国人的小狗掉下了河,面对美国人开出的高薪救狗悬赏,他却跳了下去;女市民的形象揭示也是如此,看到孩子要给乞丐钱时,她马上赞赏孩子,表示自己的善心,但当她的丈夫要跳下河去救乞丐时,她毫不犹豫地阻止了。最令人意想不到的是"工人"和"乞丐"这两个人物的真实面貌,工人毫不犹豫地跳下了河救起了乞丐,正当大家为他的利他行为感动时,他却坦率地告诉大家,他下河救人是为了得奖章和奖金;乞丐形象的揭示更有意思,当众人都走了后,乞丐和妓女坐了下来,通过对话我们才知道原来他们是一对父女,难怪一开头乞丐乞讨时,妓女带头给了钱,这一切都是圈套;更令人惊奇的是他随即脱下了衣服,露出了衣服里面的软木救生带,原来他刚才的"跳河"也是预先谋划好的,以博得人们更多的同情,得到更多的钱。看到这里的时候,让人大有被欺骗了的感觉,同时对人为了谋得钱,不顾一切不择手段的自私有了更深刻的了解。

《利他主义》一剧虽然出场人物众多,但在局部情节的设计上则是以集中的事件凝聚起人物,达到化解松散、增强整体感的目的。全剧可以分为三个大段落。

①从开场到发现乞丐跳河;

②围绕着"乞丐跳河"事件展开;

③围绕着"小狗落水"事件展开。

在②③段落中,都有一个集中的中心事件发生,这时剧中所有人的反应,矛盾冲突都围绕该中心事件展开。如在②段落中,面对有人落水,美国人是一副极端冷漠的态度,甚至还要游戏一番与人打赌,不断加码赌乞丐会不会被淹死;男市民欲跳下河救人,却遭到他的老婆女市民反对;青年高谈阔论,批评没人下河相救,自己却纹丝不动;警察来了,看见出事反而赶紧跑开;总算来了一个工人下河把乞丐救了上来,却要众人作证,让他得一个救生奖章和奖金。这时候,舞台上的戏剧动作是集中发生的。剧作家也尽可能地使不同的人物群之间纠葛起来,增加剧情的块面感。如让画家插入谈着恋爱的青年和妓女之间,将这两个人物联系起来。这一段落中最有整体感的是市民家庭和美国人之间发生的矛盾,尽管这只是短短的一段,其中的矛盾也不很强烈尖锐,却将家庭内部矛盾和外部矛盾结合着交替表现,使其成为一块有着一点小小情节的连贯的戏。这部剧值得特别提出的还有舞台场景——"露天码头咖啡馆"的设计。这一公众场合的设计为各种不同面目人物的合理聚合创造了条件,这和老舍先生《茶馆》的地点设计,有相像之处。

尤金·奥尼尔的独幕剧《加勒比群岛之月》剧作家借用船上的一群人,包括了甲板上9位水手、4位司炉工和4位西印度群岛的黑人姑娘们,还有掌灯人、木匠、轮机手、大副等超过20个角色,来共同渲染那幅醉生梦死的场面,如此多的角色汇聚于一个19页的独幕剧,群像纷争,让人叹为观止。奥尼尔在创作独幕剧时,摒弃了专心雕琢两三个精巧人物串起一部情节剧的做法。同时敢于在独幕剧中设置众多人物,并由这些人物拉开生活中的真实画面,尽力展现真实的生活。汪义群先生评论道,"这是奥尼尔第一部表现多元文化的剧本,同时也是一种'总体戏剧'的尝试。人物、主题、情景、气氛之间互相依存,不同文化的碰撞导致水手们的狂欢作乐,所有这一切随着上船来兜售食品的土著妇女以及他们的歌声和舞蹈而加强。甲板上的狂欢于是便成了节庆的盛典。剧本生动地描写了英国轮船上放纵粗狂的生活,展现了水手们一幅幅真实的海上生活的画面。整个作品几乎没有什么情节,采取的是人像展览式结构,如实地表现了海员们醉生梦死的生活，而这种生活里又包含着一层淡淡的哀愁。"[①]

  在美国曹娜·盖尔的独幕剧《街坊》中，人物之间的关系前面是紧张躁动的，后面却变得充满温情，这之间的转换是通过一个突然事件——埃斯沃斯太太收养孤儿，导入而发生变化的。正是有这一变化，才给了众人以足够的表演空间，写尽人们围绕此事而发生的态度变化。在这一事件发生前，人们都为自己的烦恼而烦恼，如老大娘和艾贝尔讨厌忙碌又无味的工作，彼得担心伊内兹会拒绝自己的爱情，埃兹尔气愤有人堆放劈柴占了自己的地方，莫兰太太生了病，特罗特太太家里出现只土鳖……家家都有本难念的经，乏味琐屑的生活早把他们变为一群暴躁、阴郁的不可爱的动物。但在"斯沃斯太太即将收养一个孤儿"这一事件导入后，贫穷的人们忘记了自己的烦恼，出谋划策地想帮助她们。连那个斤斤计较的埃兹尔，也表现得温柔、博爱。通过突然事件的导入，来写人们前后反应的变化，可以起到以少胜多，事半功倍的效果。

  综合叙事方式、叙事线索、叙事人物三个方面的分析，由于独幕剧在叙事事件上主要表现核心事件，淡化从属事件，体现在叙事结构为选择人或事相对单纯的单线结构，独幕剧体量短小的特点，为突出"悬念"，追求"戏剧性"更多采用锁闭式结构。

[①] 汪义群:《奥尼尔研究》，上海外语教育出版社2006年版，第127页。

第三章 独幕剧文本"话语"的叙事特征

第二节 叙述时空

时间是叙事作品的一个重要因素,它联系着故事的前后情节,规范着情节的因果关系。而空间因素则可以为人物的活动营造出具体的环境,具有虚拟性和无限性。当时间和空间相配合,对它们的不同安排和处理会形成作品的不同的叙事风格。从命题"一切存在的基本形式是空间和时间"①出发可以得到,戏剧的存在离不开时间和空间的延续。

传统戏剧的情节安排一般是根据主人公经历的先后,分为开端、发展、高潮和结局,基本遵循时间的自然顺序和与时间相对应的空间转换,基本构架是顺序性的一维的时空叙述,虽然有时运用情节"闪回"、倒叙、插叙等叙事技巧,但是叙事的时间与空间与故事的时间和空间是对等的,给观众的感觉是明了、清晰、规范、稳定。这样的叙述时空缺乏艺术的空间空白和时间的间断,这种封闭性的、人为性的时空方式使得戏剧只能在一个叙事层面上发展,缺乏因时空的叠合、镶嵌、分离所产生的"戏剧容积",把戏剧所能展现的生活限定在了一个狭窄的范围内,而传统的时空观念很难满足不停运动着的,如万花筒般的现在,所引起的复杂情感活动与丰富的感受。

独幕剧全部戏剧动作要在一幕中得以完成,有限的时间使得本来就不宽敞的舞台空间更显小,在时间和空间上独幕剧较为拘束。幸运的是现代

---

① [德]弗里德里希·恩格斯:《反杜林论》,(1876年9月—1878年6月),见《马克思恩格斯文集·第9卷》,中共中央马克思恩格斯列宁斯大林编译局编著,人民出版社2009年版,第56页。

科学、舞台技术的发展，使舞台时空条件大为改善，独幕剧在时空顺序上进行了探索，打破以往自然的时空顺序和人物经历的先后来转换与延续的时空模式，戏剧便从一维的和顺序性的时空连接结构中解脱出来，给叙事时空提供了更多的可能性。

一、交错式时空

交错式时空，即叙述者或戏剧人物的自由联想或活跃的意识活动来表现时空的转折和多层次的变化。时空交错式一般的理解总是伴随着时序和空间可以自由转换的概念。固然在时空交错中，时空的自由转换是它的最为标志性的特征，但这并不意味着它可以随意性地转换，它也是有着其内在的结构规律的。

时间的交错往往采用时间自然序列即过去、现在、未来的互相颠倒，或彼此渗透的格局；以时间结构的变化影响空间结构的变化。在以前的戏剧演出中，也曾以戏剧情节的插叙、倒叙出现过，但这类戏剧作品的总体情节还是按时间自然序列安排与发展的，时间自然序列的打乱，戏剧时间的推移，仍严格地遵循依次延伸的时间自然序列。而在近年来的"时空交错"的戏剧实验中，时间成了一种摆脱了各种束缚的、弹性的、假定的自由进程。

空间的交错则已在许多遵循传统编剧法的名著中屡见不鲜，如曹禺先生的《雷雨》从一、二幕的周公馆到三幕的鲁家，再回到四幕的周公馆，就空间的变换交错而言，早已突破了古典主义的"三一律"。随着现代生活的发展，戏剧情节发生的空间更不可能固守在一地。当然，近年来所探索的交错的空间主要指人物心理空间。恰恰是这种人物心理空间的出现及人物心理空间与现实生活空间的交错，离不开时间自然序列发生的变化、交错与颠倒。独幕剧中交错时空主要有两种方式，时空同现和时空重叠。

（一）时空同现

故事时空与叙述者时空同时呈现在舞台上就是时空同现。其中的关键点在于叙述者的出场，叙述者和故事中人物所处的时空是不同的，两者所处的时空是有距离的，双重时空同时出现在戏剧舞台上，从而增加了戏剧舞台的纵深感。

1979年谢民的独幕剧《我为什么死了》全剧只有两个人物：范辛单纯天真，心地善良，是个默默无闻的普通人；夏俊自私狡猾，奴颜媚骨，是"近几年中国政治社会中的土特产"。他们原是夫妇，可是在政治浊浪中，妻子无辜受害，成了身陷囹圄的"反革命"；丈夫以所谓的"政治需要"为名，不惜踏着妻子的肩膀青云直上，竟成了妻子专案的负责人。

在《我为什么死了》中采用了时空同现的方式。幕一拉开，女主角范辛即以鬼魂的面目出现在舞台上，待她自报家门之后，又"人出鬼没"，重返人间，接着便以倒叙的方式，再现了她在世时因追查"政治谣言"所受的迫害以及"四人帮"倒台后在平反中的不幸遭遇。随着人物主观跳跃的心理轨迹，把一个故事演绎出来。该剧一共有7个场面。

①死去的范辛"复活"过来，直接与观众对话，要讲述自己的故事；

②揭秘她死去的一刻。夏俊阻止范辛离开，一再称她为反"四人帮"的英雄，但她并不领情；夏俊的死搅蛮缠，终于使范辛的心脏病发作，倒了下去；

③又回到死去的范辛"复活"时刻，她告诉观众下面要讲紧接着结尾的一段；

④范辛外出就医途中逃回家想看女儿，遇到夏俊，夏俊害怕牵连自己，欲报案，没想到常书记来电话，因中央调查组已来，他欲盖弥彰，把范辛说成被保护起来的反"四人帮"英雄，但范辛揭穿了他们的阴谋，欲摆脱夏俊；

⑤再回到死去的范辛"复活"时刻，非常短暂的一个场面，她告诉观众要讲开头的一段；

⑥因小余被隔离，夏俊急着回家问范辛和试图说服范辛不要承认向小余传过"政治谣言"，但范辛不愿害小余，早有准备的夏俊拿出离婚报告，两人签字。范辛自己去投案；

⑦再回到死去的范辛"复活"时刻，她告诉观众"要警惕身边的政治小人"。

从上述这样一个场面安排中，我们可以清楚地看到该剧包含着两个不同的时空。场面①③⑤⑦是讲述故事的现时当下时空；而场面②④⑥则是主人公回忆故事发生过程的另一个时空。戏剧场景的时间推移完全颠倒了时间的自然序列，全剧融合两个不同的时空而成，是一个双层面的时空结构。这种结构样式的魅力在于，两个不同的时空都可承载各自的内容。这种超乎常规的、违反自然逻辑的、颠倒了序列的时间能起到振聋发聩的效果，引起观众对人物命运的关注与思考。

时空同现剧作的特点不仅体现在双层面的时空结构组合方式上，同样也体现在故事展开的时序上，它可以打破自然时序而采用颠倒错乱的方式展开。在《我为什么死了》一剧中，当范辛回忆起曾经发生的故事时，其故事的叙述就没有按照发生发展的自然时序安排，而是以错乱的形式出现。同样的，它在这方面也并不太复杂，其排列规律较好寻找。亚里士多德认为："悲剧是对于一个完整而具有一定长度的行动的模仿。"又说"所谓'完整'，指事之有头，有身，有尾。"①在《我为什么死了》中，三段回忆的故事恰是以尾、身、头这样颠倒的时序出现的，它是以整体颠倒的方式来表现一个故事的。叙述时所处的空间是舞台，所处的时间是他们演出的当下，而故事中的其他人物所处的时间是过去的某个事件，从而丰富了空间。在观众看这两种空间，显然叙述者所处的空间近于故事空间。叙述者所站的空间是打开了一个时空隧道，通过这个隧道，在舞台更深处出现了叙述者所讲述的故事，一个作为"历史"的故事。从而加强了舞台时空的纵深感，也让叙事时空得以自由。

（二）时空重叠

时空重叠，又称为意识流结构，这种样式受意识流小说或电影艺术中意识流表现手法的影响，这种样式的特点是人物的主观意识活动可以任意穿插于现实性很强的场景之中；在时空关系上，重现心理时空和现实时空，打破现实生活中的时空顺序，按照人物的心理发展来组成一种人物的心理时空顺序。心理时空包括想象、回忆、意识流所产生的一切时空，把过去、现在、未来交织在一起。在结构的组织形式上，段落不分明，环境不具体，人物意识活动中流过什么，场面上便出现什么。一般情况下，故事中的人物主要生活在现实的时空中，在戏剧舞台上，直接将心理时空舞台化，所谓的"跳进跳出"，就是要进行心理时空和现实时空相互的转化。

独幕剧《屋外有热流》中主要人物有三人，弟弟、妹妹和哥哥。大哥赵长康（作为鬼魂出现在舞台）在大批知识青年上山下乡的年代，到了黑

---

① ［古希腊］亚里士多德：《诗学》，罗念生译，人民文学出版社1982年版，第25页。

龙江，当了农场研究所的勤杂工。平时他勤勤恳恳地工作，待人真诚，尤其关怀弟弟妹妹。病退之前，为护送稻种在风雪严寒中以身殉职。这是一个热爱集体，为集体事业而献身的优秀青年。而他的弟弟妹妹经不起时代风雨的侵袭，成了精神极度空虚的金钱至上主义者。弟弟"认准了还是搞写作吃香"，于是靠拼拼凑凑虚构离奇的故事，以求名利双收。妹妹梦寐以求的是出国，情愿到国外去吃苦受累，"情愿受资本家的剥削压迫""也要离开这个穷地方"。他们不关心屋外的社会主义建设的热流，他们关心的是钱。

《屋外有热流》中的核心事件是弟妹面对着"即将归来"的哥哥的态度。第一次为谁担负哥哥的生活费；第二次为谁给哥哥让一块地方居住；第三次为谁该得到哥哥的那一千元钱。主要冲突有两条。一为弟妹之间的冲突；一为弟妹与哥哥的冲突。在这两条戏剧冲突中，哥哥和弟妹们的矛盾冲突为主要矛盾；弟妹之间的矛盾为次要矛盾。结构框架是在弟妹冲突的基础上展开哥哥和弟妹们的冲突。

场面细分：

①弟妹们为谁担负哥哥的生活费争执；
②当天晚上，哥哥分别出现在弟妹的梦境中，谈灵魂；
③弟妹们为谁给哥哥让一块地方居住再次发生争执；
④弟妹们分别回忆起哥哥的往事；
⑤一千元人民币汇款单的到来引起弟妹俩的争夺；
⑥哥哥突然出现在他们面前，引发三人冲突的戏；
⑦哥哥突然离去，弟妹们似有所悟，寻找哥哥。

从以上的分析中可以看出，《屋外有热流》一剧中在现时当下时空和回忆想象梦境的另一个时空中，都有连续的故事情节发生，而且两个时空发生的故事在情节上也都彼此交融在一起，有一条非常明晰的现在时态的情节线，那就是以弟妹两人的冲突贯穿起来的情节线。在这一条情节线中，没有时序的颠倒错乱，还是依照着我们生活中的物理时间展开。也没有空间的自由转换。而主要矛盾哥哥和弟妹们的矛盾虽然是依附着情节线展开，但是它并没有顾及时态的问题，为表现丰富、细微、敏感多变的心灵世界，开拓时间的心理向度，尝试表现一种人物之间的内心交流、人物记忆往回追溯、人物想象向前延展的心理时间，是想来就来，想怎么来就怎么来，跳跃式的出现，这种心理时间和表现外部戏剧情节发展的依次延伸的戏剧时间重叠组合在一起，这样就打乱了戏剧时间的自然序列，把复杂的人物意识同戏剧情节紧密结合起来，有利于深入开掘人物内心世界，对人物进行多角度的综合透视，正因为如此才带来了时序的颠倒混乱，空间的跳跃式转换。

　　心理时空与现实时空（物理时空）最大的区别在于心理时空中可以将过去、现在、将来随意的逆转，相互渗透。心理时空是无序的，因而在表现过程中常常频繁的转换时态。由于戏剧时空的相对性，不同时间都有其相对应的空间形态，如果时态转换时，舞台上要进行转换不同的空间形态。而人物的心理活动，产生于个人的内心，其中的视觉形象应是幻觉，所以只能为个人所独享，具备外在的空间形态。所以要在戏剧舞台上表现人物的心理活动，就要对破坏日常生活的形态，这点一直在很大程度上束缚着传统写实戏剧的时态转换。在大胆对心理时空进行塑形后，在舞台上出现多种时态，不是唯一的现在时，还有过去时，同时在舞台上出现不同时空，时态自由转换成为可能。时空交错是由现在时态的内容和非现在时态的内容融合而成。以现在时态的故事情节为结构的支点，在这一支点上架构超时空的故事情节，逻辑与非逻辑、物理时间与心理时间、物理空间与心理空间、顺叙与颠倒。在"时空同现"中现实的容量多一些，而当"时空重叠"中非现实的容量超越了现实的容量。

二、写意式时空

在中国戏曲演出中，主要是通过演员的几个程式化动作、几句对白或几段唱词的表演，来实现时空的变化和推移，表现出了演员的表演与戏剧情景合二为一的艺术时空，而不是所谓的"客观"时空规定演员的表演。比如王实甫《西厢记》中，只是用了张生的相关动作和几段独白，就完成了时间由"晌午"到"傍晚"的推移，并且也表现了张生等待幽会的激动心情。

布莱希特的独幕剧《例外与常规》，是一个戏曲化的独幕剧，从中国戏曲中得到启发，以商人打骂向导和苦力开场，然后商人对观众作自我介绍（叫什么、干什么），再展开冲突，明显地借鉴了中国戏曲的写意时空处理手法，商人和竞争者日夜兼程的赶着苦力在沙漠前行，只为谁最先达到，谁就可以签订专利合同，在赶路的过程中，舞台场景随时间的流动而变化，涉湍急河流、过危险地区、宿营、行路，一个转身或几句话就表示跨越了数天。这里时空转换就像中国戏曲一样，虽然跳跃多变却按着前后顺序，具有传递性和连贯性。其中还有戏剧演员自报家门，跳出戏外品评人事，演员与角色拉开了距离，演员不要成为角色，是带着理智去扮演的，与戏剧事件也保留距离，这与体验派戏剧完全不同。

此时，布莱希特认识到舞台的假定性与写实舞台是完全不同的两种戏剧舞台实践，重新审视"写实"与"写意"的舞台时空观，时间空间流转易形，扭曲不定，犹如叙事时间可以扭转故事时间一样，叙事空间中也可以自由的表现故事环境空间。戏剧注意剧场内艺术与剧场外生活的时间空间的区别，使用间离方法使观众保持批判意识。打破观众与表演空间之间的障碍，建立思考的空间仅存在戏剧舞台上的视觉元素在造型上要有助于创造出故事环境空间，同时也有助于演员的表演。在舞台视觉的调度上，选择对局部"真实"的重视，通过局部的"实"来唤醒整体的"虚"，通过整体"虚"的造型，来表现写意"生活"，追求以实带虚、以一当十。并且在舞台表演中重视演员的虚拟性，通过局部符号化处理舞台空间，来取代全局真实性的还原，从而达到删繁就简的叙事空间，简化的舞台并不是简化故事环境空间，而是给观众提供更大的想象空间。

三、"蒙太奇"式时空

"蒙太奇"是指拍成胶片电影和电视剧场景间的剪接方式。随着灯光、布景等技术的发展，戏剧中各种场景之间靠舞台上灯光调配等技术手段来实现在舞台上同时出现多重时空，有些类似于"蒙太奇"。虽然在戏剧舞台上的运用"蒙太奇"不像电影和电视剧那么自由灵活，但是也对戏剧叙事产生了一次革命，使得戏剧更具景深感和历史感。"蒙太奇"式时空也使戏剧向着抒情化、写意化、内向化、抽象化的方向发展。

多米尼加剧作家多明格斯的独幕剧《最后的瞬间》，剧作家有意识塑造一个思绪语言混乱、失魂落魄的女人，这个女人在自己生命的最后瞬间，回顾了自己悲惨的一生。全剧有三条线索，在本书叙事结构中的复线结构中分析过这三条线索，这三条线索分别属于三种不同时空。

①是当下的现在时，她在街头溜达，一会儿诱惑挑逗过路人，一会儿躲避喝醉水兵的纠缠⋯⋯

②是过去时,描述回到了少女时代的过去,和好友分享初恋爱情的甜蜜与快乐,她在离家出走路上被人拐骗,遭到了厄运,她怀上了别人的孩子,但是更让她撕心裂肺的是玩弄她的人将她的孩子强行夺走,她为了生活只能在小酒店强颜卖笑……

③是心理时空,是她自己的幻觉,一会儿是和儿时的恋人,一会儿是向神父忏悔……

全剧中,三种不同的时态交织在一起,根据思绪不断地变化,而这些思绪也具体化为一种可以占据空间的实体。整剧的时间方式是不确定的、可逆的、离散的,空间方式是无序列的、多变的、流动的。时空转换就像电影"蒙太奇"式的剪辑。

叙事时空的变革,使得戏剧叙事达到了空间的自由。当以往再现性的舞台变成表现性或叙事性的舞台后,以前隐藏着的叙述者出场,加之新的技术支配下的舞台灯光、布景等物资设备的应用,可以依仗舞台技术之便,随意转换各个不同的时空,时间和空间在舞台上流动起来,戏剧舞台的叙事时空得到了解放。

第三节 叙述视角

"谁说"与"谁看"是叙事分析中的基本问题。"谁说"即以谁的口吻在叙述,是探讨叙述文本中的叙述声音和叙述中叙述者的问题;"谁看"即谁的视角在看,是探讨叙事文本是由谁的视角在叙述。视角对文本具有重要的意义,是叙事的立足点和切入点。

一、戏剧中叙述视角的选择

叙述视角指"叙述者或人物与叙事文中的事件相对应的位置或状态。"[①]也就是指叙述者从什么样的角度来观察事件，他们怎么讲述，怎么看这个故事。因此叙事视角的"'看'不仅仅只包括视觉，它同时也意味着感知、感受、体味所'看'或可能'看'到的东西，而这当中也可以包含价值与道德判断等更深层次的意义"[②]。研究叙事视角包括两个方面"看者"即聚焦者和"被看者"即聚焦对象，所以有时也将叙事视角为叙事聚焦。根据视角在叙事文本中所受的限制程度，可以分为内聚焦型、外聚焦型和非聚焦型三种类型。

内聚焦型指的是"事件完全凭借一个或几个人的感官去看、去听"[③]，在叙述中只是转述这些人物所接收到的信息，这种方式的优点在于拉近人物与观众间的距离，使观众获得一种亲切感；外聚焦型叙述者严格地从外部呈现每一件事，只提供人物的行动、外表和客观环境，而不告诉人物的动机、目的、思维和情感。观察者置身于人物之外，而对于人物的内心活动和情绪却不表露，采用外聚焦型通常在文本中对客观环境的描写；非聚焦型又被称零聚焦型。它的观察就像上帝一样，在叙述中如同"上帝之眼"一般，不仅可以站在故事之上叙述，而且能够潜入故事中任何人物的视角之中，叙述人物看到或听到了什么，做了些什么，以及正在想些什么。因此，可以达到一种众人皆醉我独醒般的无所不知。这种聚焦方式容易给人

---

① 胡亚敏：《叙事学》，华中师范大学出版社2004年版，第20页。
② 谭君强：《叙事理论审美文化》，中国社会科学出版社2002年版，第101页。
③ 胡亚敏：《叙事学》，华中师范大学出版社2004年版，第27页。

极强的距离感,具有权威性,适合做全方位化的描写,多用来营造宏大的叙事。常用于描述人物复杂规模庞大的史诗性著作。非聚焦类型通常被称为"全知式视角",内聚焦类型和外聚焦类型又可以被统称为"限知式视角"。

在戏剧中一般采用限知式视角,它的一个基本特征是叙述范围上的"有限性"或"假定性",受到角色身份的限制,不能叙述本角色所不知的内容。这一叙事特征正适合叙述者营造戏剧性场景,悬念构思,它会产生一种更接近于正常感知过程的理解方式,使观众更容易进入故事,并且对认同和理解故事、参与叙事进程、触发思考是大有裨益的,使观众体验事件发生进程情节化的愉悦。

爱尔兰剧作家约翰·沁孤的独幕剧《骑马下海的人》运用了内聚焦型视角,力图拉近与观众的距离,实现近距离的情感体验,增强和观众对于"死亡"意象的理解与内心恐惧的感触。大幕一拉开,是一个平静的普通家居场面,大女儿伽特林在家做点心,纺线。紧接着小女儿诺那上场。这时,剧作仅用了两个简洁的动作就打破了这一平静的气氛,舞台指示特意指明诺那进门时,先"伸头进门窥伺",然后用低声问:"妈妈往哪儿去了?"就这"窥伺"和"低声"两个动作,立即把一股神秘的气氛带了出来。然后她拿出一个包裹,包裹里竟然是她们的哥哥米海尔的遗物,一个关于海上发生的悲剧、关于死亡的信息就这样迅速地传达给了我们。就在我们为米海尔的海上之死惊魂未定时,两姐妹又议论起弟弟巴特里要出海的消息,这真是"屋漏偏逢连夜雨"。善于渲染气氛的剧作家又在她俩开始议论这一话题前,特意安排一阵狂风吹来,将家中那半掩着的房门吹开。这预示着海上风高浪大的狂风即刻又在舞台上制造出了一种忐忑不安的情绪和不祥的预兆,由此,弟弟巴特里的命运就紧紧抓住了我们的心。这种死亡意象的营造在母亲毛里亚反对儿子巴特里出海的冲突中继续着。母亲劝阻儿子出海,照理不该说些不吉利的话,但"死亡"这一字眼,却时时从母亲毛里亚的口中说出:"假使今天你和他们一样也都淹死在海里了,……我怎么能够活得下去呢?""啊,他走了,老天爷哟,我是不会再看见他了。啊,他走了,只等天一黑下来,我在这世上便要成为没有一个儿子的孤苦人了。"① 这些话让人听得胆战心惊的,却也将"死亡"推得离我们更近了。

《骑马下海的人》要表现渔民毛里亚家的悲惨命运,并没有直接写出海的人,而是将叙事视角选择为家人,笔墨主要集中在家人对他们的担心思念上。全剧中的事件可一分为二,一是姐妹俩辨认遗物;二是老母亲去为巴特里送行。两条线索彼此独立又互相交叉。当姐妹俩认出遗物正是米海尔的,最后一丝希望破灭,沉浸在悲痛之中时,也正是老母亲绝望之时:她在泉水中看到了不祥的预兆,看到了米海尔和巴特里在一起。这在观众和剧中人心中都掀起了巨大的波澜,大家知道,这个预兆几乎就是事实,因为海水吞噬人,只是迟早的问题。姐妹俩强忍悲痛,劝慰着母亲似疯似癫的揣测,然而片刻之间,巴特里的尸首就送了过来。剧作家对于巴特里和米海尔的死并未刻意去做惨烈的描绘,而在亲人为他们的担心思念之间,在描写亲人生活的痛苦之间,突出命运的残酷,人生的无奈。独幕剧受到大众的喜爱和其平视的具有"亲切感"内聚焦性视角选择有很大关系。

二、独幕剧叙述视角的选择

独幕剧多采用限制性视角中的内聚焦型来叙述故事。运用内聚焦型叙

---

① 施蛰存:《外国独幕剧选》(1),上海文艺出版社1981年版,第253—257页。

事,视点是在故事中某个人物的视角上,类似于小说中的第三人称叙述,如此设置的优点在于拉近观众与剧中人物的距离,让观众走进剧中人物的内心,认同剧中人物,用剧中人物的眼睛来看、来感知剧中人所感知的世界,所思考的世界,实现了近距离的体验。

意大利剧作家路易吉·毕朗代洛的独幕剧《西西里的酸橙》,是一个典型的富贵相忘的故事。为了未婚妻西娜的前途,农民乐师博纳维诺变卖家产,送西娜上了音乐学院。西娜贵而变心,等博纳维诺拿着婚约前来时,一场势利的好戏上演了。富而易妻或易夫的故事屡见不鲜,剧作者选择的限制性视角是被抛弃者,从他的眼里去感觉、判断与辨认对方的变心过程。在本剧中,男主人公博纳维诺高兴而来,却遭到势利眼的侍仆捉弄、打趣。有其仆必有其主,博纳维诺大为不安,他想必可以推出,西娜也是一样嫌贫爱富的人。随后西娜回家,可博纳维诺却看到她避而不见,派其母玛塔来见博纳维塔。从玛塔欲言又止的神情中,博纳维诺觉察到事情有变,剧情气氛渐趋紧张。西娜的两次出场完成了向高潮的冲刺,"那是赌徒的摊牌",从纯朴的博纳维诺的视角展现西娜虚荣、轻浮,人物性格发生激烈碰撞,剧情在恰当的时候戛然而止,博纳维诺毅然离开负心人,将凝聚爱意的西西里酸橙改送玛塔,因为虚荣的西娜"不配吃这些橙子",充分体现了限制性视角来塑造人物。

我国剧作家鲁彦周的独幕剧《归来》,也写了一个类似的故事。小翠放学回家,她的姨妈,也就是她的老师童惠芬也来了,她带来了小翠在邻省专区百货公司当副经理的爸爸王彪的来信。小翠抢过信跑去找来奶奶王母,童惠芬念信给王母听。王彪长年在外,半年才写一封家信,这次来信则是告诉家人他准备"本月十五回家",信中他还说要接母亲进城。说曹操,曹操到,今日正是十五号,在场的小翠、小翠奶奶、童惠芬以及其丈夫副社

第三章 独幕剧文本"话语"的叙事特征

长王直化得知了这个消息个个十分欢喜。小翠欢呼雀跃地等待爸爸和爸爸的礼物,王直化夫妇则期待着王彪回家传授办合作社和教学的经验,因为他们认为"他什么都懂,念过书,打过游击"。王母一面责怪儿子为什么不早点来信告知回家之事,一面叫人去唤王彪的媳妇——合作社妇女组长童惠云。童惠云表面上故作冷淡,实际上心里很激动,要知道,她担心赶不上王彪,每天晚上都在努力学习文化,她也十分羡慕妹妹童惠芬与妹夫王直化两人形影不离的生活。这不,丈夫马上就要回来了,王母叫童惠云洗个脸,换衣服,甚至还要她戴花,得知童惠云下午还要下地,王母马上亲自去为童惠云请了假。王彪到家了,大家欢天喜地,可是,王彪本人却显出心神不定的样子。一阵寒暄之后发现居然忘记给小翠带礼物,只好以钱代替。社长李德裕以及前来恭贺的众人讲述了童惠云在家的进步,并且要求王彪给她们传授经验,王彪虽然满口答应,可是等众人刚刚走掉,他就说了声"真麻烦"。王母劝王彪农闲时节可以把妻子、女儿接到城里过一些日子。她自己老了,不想去城里了。王彪则说留下母亲一人在家他不放心,王母责怪儿子顾家少,然后就出去了。现在只剩下夫妻两人了,童惠云的热情与王彪的冷淡恰恰形成了鲜明的对照。终于,王彪道出了此次回家的目的,拿出了准备好的离婚书。原来,他觉得童惠云现在已经配不上他了,妨碍了他对于幸福生活的追求。看来,王彪是下了决心了,妻子的温柔相劝,女儿的亲昵呼唤,母亲的责备都不能使他回心转意。颇有自尊的童惠云见此光景,不顾王母阻拦,在离婚书上面签了字。王母阻拦童惠云签字时,王彪竟然不留神把母亲推倒在地。签好字,王彪扶起母亲,告诉母亲,他准备下月就喜结新人,新人能写会画,才21岁。真相大白后,大伙又一阵苦劝。可是,王彪仍寻找种种借口为自己辩护。群众对王彪的行为都十分气愤,大家决定去找王彪的领导和他的新人说明情况,认为不能放任这个喜新厌旧、损人利己的人,不能放过这个现代陈世美。王彪看见如此阵势,这似乎是他所始料不及的,最后他茫然地说:"这一下我不是什么都完了!"

《归来》与《西西里的酸橙》都采用了内聚焦型视角,前者通过被抛弃者的目光去"挤"出负心人的真实形象;而后者则是从负心人的角度去判断被抛弃者的音容笑貌、心路历程。两部独幕剧题材相似,故事接近,由于塑造人物的重心不同,视角限制在重点塑造的人物身上,都有自己独特的审美价值。

三、同主题多幕剧与独幕剧叙事视角的选择

《等待老左》《等待戈多》这两个剧本同以"等待"为主题,为剧名,但是两部剧选择了不同的叙事视角。独幕剧《等待老左》选择了内聚焦型视角,两幕剧《等待戈多》选择了外聚焦型视角。

《等待老左》的故事取材于1934年纽约出租汽车司机的罢工斗争。在出租车司机工会大厅里工会会员们等待他们的代表"老左"到来,然后决定是否罢工。在《等待老左》中的其他人物完全倚靠一个上帝式的人物"老左",像期盼救世主来临一样,工会会员们等候他的到来,等待他来后做决定。结果得知老左遇害,剧末工人们点燃了罢工的激情。只有选择了罢工,大家才有生的希望。在《圣经》中有救世主耶稣钉死在十字架上的故事,耶稣选择死后,却又复生了,最后带给人们的是永生的希望。这部作品运用内聚焦型视角,使广大的民众容易产生共鸣,号召人们加入工人罢工的队伍。据说,当时演出结束时,演员和剧场观众手挽手,台下台上高喊"罢工"的声浪此起彼伏,该剧一时间成为戏剧激励工人运动的最好

样板,戏剧成为组织大众、鼓动大众的最有力最直接的艺术形式。《等待老左》的战斗性、革命性、现实性决定了这部剧的"等待"内涵,剧中人的"等待"有着鲜明的时代特征,没有等到"老左"的工会会员们不是继续等待下去,无所事事,徘徊不前,而是采取行动举行罢工。反映了人民运动高涨的20世纪30年代工人阶级的心情。

《等待戈多》创作于1948年,"二战"的噩梦刚刚过去,创伤未平,"冷战"和核军备竞赛又开始不断升级。将人们的生存浓缩为流浪汉日复一日的等待,反映了战后西方社会人们从内心深处感受到的现实的荒诞感和虚无感。剧中的"等待"就是爱斯特拉冈和弗拉季米尔的存在方式。剧中的戈多留给读者无限的遐想空间,被赋予无穷尽的意义。剧中多次说明戈多是爱斯特拉冈和弗拉季米尔的救星。《等待戈多》表现的是现代人与宗教隔绝的流浪状态,"等待戈多"是贝克特对现代人回归上帝的呼吁。透过悬而未决的"等待"原型世界,我们看到贝克特对人类荒诞存在的书写以及他对人生和世界的怀疑和对人类前景的忧虑。反映了战后五六十年代资产阶级的心情。

《等待老左》《等待戈多》中的工会会员、流浪汉等在场人物都在等待不在场的他者,两剧中的在场人物一致都把他们所等待的"老左""戈多"建构为救世主形象,这些象征救世主的他者尽管缺席,却起着不在场的在场作用,影响了剧中在场人物的行动和"期待意向"。但是由于运用的叙事视角不同,他们的"等待"也就有了不同的特征。在《等待戈多》中,运用了外聚焦视点,纯客观叙事,就是所谓的"行为主义的叙事",其特点是读者或观众无法得知人物的思想或情感,叙述者说出来的比人物知道的更少,即托多洛夫所谓的"叙述者<人物"。戈多是谁?为什么要等待?叙事者语焉不详。在这种视角下,叙述者"就像许多其他现代作家一样,他自

我隐退，放弃了自我介入的特权，退到舞台侧翼，让他的人物在舞台上去决定自己的命运"[①]，这种叙述效果更多的是一种"展示"。在某种程度上把进入文本深层结构的"特权"交给了观众而非叙述者，而这是对观众的发现与重视。《等待老左》中运用了内聚焦视点，即有固定的内视点，又称作限知叙事，叙述者仅说出某个人物知道的情况，人物未找到事件的解释之前，叙述者无权提供，也就是托多洛夫所谓的"叙述者＝人物"。《等待老左》把舞台变成了讨论是否罢工的工会会议厅，工会会员现身说法，讨论要不要、为什么要罢工，演出的结尾总是观众群情激愤，不但和台上角色产生共鸣，还一起高呼"罢工！罢工！罢工！"有的还一起走上街头去游行。对于刺激观众采取行动变革，内聚焦视点具有很大的优势，是要引起观众高度"共鸣"，深度"进戏"，而不是"间离"。

综上所述，独幕剧在"话语"层面更多地表现出不同于多幕剧的叙事特征。在叙事结构上，在叙述方式上独幕剧更多运用锁闭式的结构，在叙事线索上独幕剧更多运用单线结构，在叙事人物上更多运用一人一事，一人多事和多人一事；在叙事时空上除了运用传统的时空方式，还做了许多的探索，运用了交错时空式、写意时空式和"蒙太奇"式时空；在叙事视角上和多幕剧一样，采用限知性视角，并且多为内聚焦型视角。

[①] ［美］W. C. 布斯：《小说修辞学》，胡苏晓、周宪译，北京大学出版社1987年版，第9页。

第四章　西方现代派独幕剧叙事转型的探索

现代意义上的独幕剧属于现代戏剧的范畴，独幕剧被称作"戏剧实验的实验"。独幕剧的实验性是由它的体裁形式所确定的，在现代派戏剧中许多叙事转型的探索是先在独幕剧中实现的，随后拓展到多幕剧中。

西方现代戏剧的叙事形态是剧作家思想观念的艺术形象舞台化，其思想观念决定着戏剧形态的形成、规模、价值走向，同时戏剧形态的不断变化也要求剧作家在叙事形态方面进行深入的探索和改革。绝大多数的西方现代戏剧不再仅仅给观众讲述一个故事，而是通过动态的、整体的戏剧形态来传递一种哲理思想和叙事观念，表达一种叙事意图和意义。独幕剧在叙事形态上的探索主要为梅特林克的"静止戏剧"和独白型戏剧。

西方现代戏剧打破了从亚里士多德到黑格尔所形成的戏剧"情节整一"的线性叙事，以及古希腊以来所遵循的"模仿说"创作原则。西方现代戏剧在叙事范式上呈现出多元化发展态势。独幕剧在叙事范式上的探索较为突出的是运用明暗双重叙事。

在叙事结构上，戏剧不再遵循传统戏剧的线性叙事发展模式，而是出现环形戏剧结构，用这种戏剧结构来对各个部分进行布局和编排。环形结构的最先尝试是在独幕剧中进行的。

第一节　梅特林克"静止戏剧"对叙事形态的探索

一、概述

静止戏剧是指"戏剧动作处于相对停滞状态的戏剧，这种戏剧使戏剧矛盾的冲突、人物性格的发展、跌宕起伏的情节等进入一种相对静止的状态"。[①]静止戏剧出现在19世纪末期，是为了否定18、19世纪欧洲戏剧舞台上流行的情节剧。静止戏剧力图摆脱传统戏剧叙事范式的框架，尝试通过叙事，使戏剧失去戏剧节奏、戏剧动作及戏剧情节所带来的意义。

从传统戏剧的叙事观念来看，戏剧冲突是西方传统戏剧自古希腊以来一直遵循的叙事范式和艺术规律，是戏剧的生命及特性。随着人类社会进入18世纪末到19世纪后半期的近代，特别是欧洲的戏剧舞台上盛行"情节剧"，即"戏剧情境险恶多变、矛盾冲突尖锐激烈、剧情发展中包含着大量偶然及巧合的因素，充满了紧张的戏剧场面"[②]。这种戏剧形式主要是为了满足人们的好奇心理，对观众的感官给予强烈的刺激。这种故意加快戏剧节奏，迎合观众心理的戏剧现象，比利时象征主义剧作家梅特林克在《日常生活的悲剧性》中批评道：

[①]　冉东平：《突破现代派戏剧的艺术界限——评萨缪尔·贝克特的静止戏剧》，《外国文学评论》2003年第2期。

[②]　中国大百科全书总编辑委员会《戏剧》编辑委员会，中国大百科全书出版社编辑部编：《中国大百科全书·戏剧》，中国大百科全书出版社1989年版，第312页。

第四章　西方现代派独幕剧叙事转型的探索

我希望看到舞台上表演某种生活场面，由各个环节联结，追溯到生活本源和它的神秘性，这是日常事务使我既无力量，又没有机会看到的。我到那里去，本来是希望我能得到有关我卑微的日常生活中的优美、壮观与真挚的一瞬间的揭示，使我能看到一直和我同处一室，但却应为我所知的存在、力量或上帝。我渴望能感受这样一种奇异时刻，它属于更高级的生活，但未被觉察，就倏忽逝在我极度凄凉的时光之中；然而我所看到的，几乎一成不变，总是那么一个令人厌倦的角色不停地在讲他为什么心生妒忌，他为什么投毒杀人，或者是他为什么起了杀机。①

梅特林克在这篇文章中渴望戏剧在叙事时能够贴近生活，而不是在舞台上表演那些虚假的、令人生厌的、耸人听闻的故事，为此梅特林克提出了"静止戏剧"理论，这与"情节剧"的要求相反，他在理论上这样阐释"静止戏剧"。

……他处在静止中，而我们也就有时间可以对他进行观察。于是掠过我们眼前的，不再是生命的一个激动不安的、稀有的顷间——而是生命本身。有千百种的规律同一切被赋予无敌力量的事物一样，都是沉默、审慎、行动缓慢的；因此，当生命进入一系列宁静的顷间、冥思君临着我们的时使，我们就能够看见和听到这些规律。②

梅特林克的"静止戏剧"理论在西方戏剧发展史上是一种全新的叙事理念，这也蕴含着新的叙事形态。梅特林克的"静止戏剧"理论包含如下含义：第一，戏剧是人类生活的一部分，应回归到人的自然生活状态中来，

---

① 吕效萍：《戏剧学研究导论》，南京大学出版社2006年版，第147页。
② 伍蠡甫：《西方文论选》（下卷），上海译文出版社1979年版，第481页。

其所反映的一切应符合生活的规律而不是将其极端化、庸俗化。第二，从人观察事物以及艺术的审美特性来看，节奏舒缓的戏剧更有利于人们对其观察和沉思"也许有人会对我说，静止不动的生活将是无法看见的，所以必须赋予生气和运动，而能被接受的各种运动只有在至今一直为人所用的少数几种激情中才能看到，我不知道静态的戏剧是否真是不可能的，在我看来，它在事实上早已存在了"[1]。戏剧是一种观赏的艺术，沉思的艺术，感悟的、潜移默化的艺术，而不是仅仅依靠刺激观众的感观来完成的。第三，戏剧应从关注外部世界转向关注人的内心世界。"人们甚至可以肯定，诗或悲剧所以能够更加接近美和较高的真理，正是由于它抛弃了那些仅仅解释动作的字眼，而代之以其他一些带有启示性的字眼。它们所启示的，并非所谓'灵魂状态'，而是灵魂向着它本身的美和真所作的那种不可思议的、无声无息而又永不休止的努力。"[2]关注内心世界变化，尤其是关注人的非理性部分是西方现代戏剧的艺术特性，也是戏剧的最高任务和艺术归宿，这是西方现代戏剧的叙事美学思想从传统转向现代的标志之一。梅特林克倡导"静止戏剧"不仅拓宽了戏剧艺术的表现领域，对传统戏剧理论进行了大胆反叛，同时"静止戏剧"理论的出现也改变了人们长期以来对戏剧的思维定式，以及运用快节奏的戏剧形式来表现人物命运变迁的叙事模式。

"静止戏剧"作为一种叙事形态，它追求的不再是从矛盾冲突中得到强烈的、振聋发聩的戏剧效果，而是在静中进行哲理性的沉思，通过象征体和象征意境来显现出某种意义。梅特林克的静止戏剧属象征主义戏剧中沉思型的戏剧，在艺术上与其他象征主义戏剧一样力图通过使用朦胧、直觉、

---

[1] 吕效萍：《戏剧学研究导论》，南京大学出版社2006年版，第147页。
[2] 同上书，第149页。

象征、暗示等叙事方法来形成戏剧效果，这种叙事方法影响了后来的剧作家，成为一种比较适合西方现代戏剧作家表达观念、善于思辨的叙事模式。客观上讲，梅特林克的静止戏剧，相对当时流行在戏剧舞台上的情节剧或传统的西方戏剧在戏剧叙事节奏、矛盾冲突、人物塑造等方面都进行了突破，使戏剧在静止叙事的道路上迈出了可喜的一步。然而，我们也应该清醒地认识到，梅特林克在戏剧冲突上并没有完全停滞和静止，也就是说，他同传统的叙事观念还保持着千丝万缕的联系。真正使戏剧的叙事节奏处于停滞，使戏剧冲突、戏剧人物、戏剧情境等走近静止状态的应该是荒诞派戏剧作家贝克特。因为贝克特的戏剧完全摆脱了西方传统戏剧的束缚，同时也突破了西方现代主义戏剧的艺术界限，使其具有后现代戏剧的特点。

二、实例分析——《盲人》

1890年梅特林克发表的象征主义独幕剧《盲人》充分运用静止戏剧的叙事主张，力争通过减慢戏剧节奏，用一种全新的叙事方法让观众感受到戏剧中的每一个细微的变化。梅特林克的《盲人》整部剧为我们展示了一种舒缓的戏剧节奏，全剧没有出现矛盾冲突，也没有性格之间的碰撞，剧中人物唯一的动作就是等待着老牧师带领他们走出海岛回到收容所，出现这样的情况是因为，好心的老牧师为了让收容所的盲人们能更好地生活就把他们带到附近的海岛上，正如年纪最大的盲老妪说："今天他非要坚持出来走走，说要在入冬前，最后再看一眼沐浴在阳光下的海岛。今年的冬天看来会又长又冷，说是冰块已从北边过来了。"① 在海岛上盲人的活动范围是

---

① ［比］梅特林克：《玛兰公主——梅特林克剧作选》，管震湖、李胥森译，湖南人民出版社1985年版，第113页。

非常有限的，对于他们来讲要想回到收容所也并非易事，因此等待老牧师的到来就成为戏剧的中心内容。那么老牧师到底到哪里去了？为什么离开他们？对于盲人们是个谜，也是不可知的事情。正像盲老妪所说："他坐立不安，听说前几天下了几场大暴雨，河里的水都灌满了，堤坝也给冲坏了。他还说大海的情况叫他害怕，无缘无故的海浪汹涌而来，海岛边上的悬崖也都变矮了。他想去看看，但是他没有告诉我们他看到了什么。现在，我想他是去给疯女人找面包和水去了。他说了，他要走得很远很远……咱们等着吧。"①

《盲人》的故事中没有戏剧情节的发展，只有个人的渴望；没有戏剧的律动，只有绝望、孤独的氛围。戏剧人物的都只在一个很小的范围活动，在面对外部的自然力量和环境时处于无法抗拒的被动状态。《盲人》中缺少矛盾冲突的一方，这是和情节剧根本不同之处，戏剧的动作的状态是相对静止的。《盲人》中尝试新的一种叙事方式企图让观众感受，在戏剧中的每一个细微的变化。在等待中人们通过自己的身体清楚地感受到周围世界的变化，在漆黑的夜晚里，夜莺的鸣叫、海水轻轻拍打着悬崖、缓慢的钟声、候鸟在树顶上飞过的响声都冲淡着他们等待老牧师回来的紧张气氛。戏剧中人们通过自己的听力不断在拓展认知的空间，通过对话的声音来判断自己与他人的方位，通过钟声判断自己与收容所的距离，但是人的听力毕竟是有限的，它能够解决一些问题但不能解决所有问题。他们不能够像夜莺和候鸟那样自由飞翔，在这样的环境中失明使人变得无能为力、孤苦伶仃，正像盲老妪对苍天呐喊的那样："我的上帝！我的上帝呀！请告诉我们现在

---

① ［比］梅特林克：《玛兰公主——梅特林克剧作选》，管震湖、李胥森译，湖南人民出版社1985年版，第113页。

在哪儿吧！"① 此时，大自然以绝对的力量压垮了这些有缺陷的人，人生缺陷在这里变得无法克服，等待与焦虑的情绪像暴涨的河水越积越多，形成一种绝望的情绪。戏剧中没有冲突只有绝望，没有动作只有焦虑地期待。

从梅特林克的戏剧来看，《盲人》和《闯入者》采用的是一样的主题——"等待"，这种叙事主线的戏剧，减缓了快速的戏剧节奏，削弱了戏剧外部力量与人物、人物与人物之间发生冲突的可能性。剧作家最终留给我们的是静静地思考和对未来的忧虑。《盲人》应该比《闯入者》更加静止，因为它没有任何外在的冲击力，一切都在"等待"中绕圈，在原地踏步。《盲人》中"等待"成为走出去的唯一希望和目标，同时也成为连接老牧师和盲人们的纽带，这种以"等待"为目的的人际关系成为维系整个戏剧情节发展的关键，而且任何与"等待"有关系的事情都会牵动每一个人的神经。阻断盲人们返回居住地的无法克服回避的困难是无法靠近的空间距离和希望的渺茫，等待老牧师的回来或者他人的施以援手的盲人们是全剧戏剧情节发展的中心，并且随着盲人们焦虑地等待以及等待的徒劳无望，形成了戏剧的象征意义。

象征主义戏剧重象征、重精神，轻人物性格和行动，梅特林克的《盲人》没有给观众塑造一个性格鲜明、突出典型的人物形象，戏剧给我们的是一群性格模糊的盲人群像。剧中12个盲人没有一个人有自己的名字，有的是剧作家根据一些残疾的原因、年龄的大小、男女性别等起的名字，应该说这些名字只是一些符号。梅特林克在人物表中为我们介绍的13个人物是这样排列的：教士、3个生来眼瞎的盲人（或称盲人甲、乙、丙）、年

---

① ［比］梅特林克：《玛兰公主——梅特林克剧作选》，管震湖、李胥森译，湖南人民出版社1985年版，第120页。

岁最大的盲老头、第5个盲人、第6个盲人，这是剧中6个男性盲人；而6个女性盲人有：3个正在祈祷的盲妇、年岁最大的盲老妪、盲姑娘、疯盲妇。《盲人》中的人物比起《闯入者》中的人物性格更加模糊和朦胧，只是根据盲人的特征来起名字。因此人物的典型化并非是象征主义戏剧关注的焦点，人物仅仅是剧作家借以传递思想的媒介而已。《盲人》没有中心人物，没有主角，人物类型化现象比较突出，然而《盲人》与其他戏剧尽管不同——没有主角，但是有一个人物让观众不能够忘记和忽视，这就是老牧师。在戏剧开始老牧师的地位是无足轻重的，戏剧开始仅仅介绍他已经死了，仿佛他与戏剧没有太大关系，然而随着戏剧的发展他逐渐成为一个中心人物。虽然他没有说过一句台词，但他始终在场，他存在于人们的话语之中。首先，他是事件的引起者，正是他善意地要求盲人们到海岛休闲游玩，才形成这样的局面。其次，他没有按时归来引起一系列的恐慌，盲人们因自身残疾而无法走出海岛，这就使得这种恐慌继续蔓延，汇聚成一种绝望的情绪。再次，盲人们由恐慌到绝望使老牧师成为戏剧的中心。戏剧开始老牧师是否能够回来成为戏剧最早的悬念，并且这种悬念一直保持到戏剧的中后部，老牧师的死使戏剧由原来的平静最后达到恐惧的最高点。戏剧的最后，人们仿佛听到了脚步声，盲人们都猜测，随着声响的逐渐临近，发出脚步声的主人来到他们的中间，他们急切地询问："你是谁？"但没有人回答，实际上这是死神的来临。该来的老牧师没有来，死神却不邀而自来，这增加了戏剧的悲剧气氛，正像年岁最大的盲老妪悲痛地大声喊着："可怜可怜我们吧！"但此时大地"寂静无声，孩子哭得更伤心了"。老牧师在戏剧中成为没有主角的主角，一个没有出场的主角。

第二节 独白型戏剧对叙事形态的探索

一、概述

内心独白作为表现内心世界的一种方法在西方戏剧中常常被使用，它是演员在创造角色的过程中，根据剧作家给戏剧人物提供的规定生活情境，以及在舞台上受到意外事物的刺激而引起的思维情感活动，为观众呈现了在特定环境下戏剧人物内心世界的真实一面。就内心独白而言，西方传统戏剧与现代戏剧由于受不同文化背景的影响在运用内心独白方面存在着较大的差异，形成不同的表现形态和叙事特点。

西方传统戏剧中的内心独白基本上是一种充满理性思考的自白，往往是戏剧人物经过深思熟虑将内心活动表现出来，在西方传统戏剧中大量使用内心独白的表现方法最早可以追溯到埃斯库罗斯的戏剧中。在戏剧《奥瑞斯提亚》中有大量的内心独白，以此来表现人物在特定的环境中的内心世界，这对于戏剧动作比较少的古希腊戏剧起到传递思想、推动情节发展的作用。文艺复兴时期的莎士比亚，其戏剧同样充满着大量的内心独白，在《哈姆雷特》中就有6处，最为著名的是第三幕第一场的"生存还是毁灭"以及第三幕第三场中哈姆雷特遇到正在祈祷的克劳狄斯时的内心独白。在这部戏剧中哈姆雷特的思想经历了一个不断变化的过程，即一个快乐的王子、忧郁的王子、延宕的王子和行动的王子的过程。父死母嫁、叔叔篡位、人和同学都成了奸王克劳狄斯的工具和帮凶，世道残酷混乱、王法被践踏，哈姆雷特深感生的艰辛、死的痛苦，最终道出了一个长长的内心独白:"谁愿意忍受人世的鞭挞和讥嘲,压迫者的凌辱,傲慢者的冷眼,被轻蔑的爱情的惨痛,法律的迁延,官吏的横暴和费尽辛勤所换来的小人的鄙视。"① 这个内心独白道出了哈姆雷特对现实的感受,也是一种真实的内心写照。在莎士比亚之后,莫里哀、席勒、哥尔多尼、雨果等剧作家都在自己的戏剧中多次使用过内心独白的方法,对此雨果曾高度评价内心独白在戏剧中的重要作用,他说戏剧"向观众展示出两个意境,同时照亮了人物的外部和内心,通过言行表现他们的外部形貌,通过独白和旁白刻画内在的心理,总之一句话,就是生活的戏和内心的戏交织在同一幅图景中"②。

内心独白在戏剧中的作用一直到19世纪才受到戏剧理论家的质疑和批评,其主要原因是传统戏剧讲究戏剧性和矛盾冲突,戏剧性是推动情节、刻画人物的动力,然而内心独白在戏剧中对于推动戏剧情节发展所起的作用微乎其微。在批评家看来内心独白在整个戏剧中基本上属于故事情节的分支,并非戏剧的主干,是一种静态的东西,缺少戏剧性。对此阿契尔提出了自己的看法:"由于独白越来越给人以累赘,拖沓的感觉,因而加强了那些促使独白被排斥于舞台上的物质条件。人们发现,即使最细致的心理分析也不必借助于独白。"③ 在这里阿契尔强调了人物的内心独白会使原本快速进展的故事情节立刻陷入停顿的状况,使整个戏剧情节的进展显得拖沓和缓慢,这样不仅使整个戏剧的节奏显得不协调,同时也会破坏观众的观剧心理和舞台幻觉,使原本进入剧情的注意力游离出来。对内心独白所进

---

① [英]莎士比亚:《莎士比亚全集·九》,朱生豪译,人民文学出版社1978年版,第63页。

② 伍蠡甫:《西方文论选》(下卷),上海译文出版社1979年版,第191页。

③ [英]威廉·阿契尔:《剧作法》,吴钧燮、聂文杞译,中国戏剧出版社2004年版,第314页。

行的改革应该是易卜生和契诃夫开始,易卜生尽量在戏剧中将独白部分压缩到最小,使用人物的外部动作和对话来替代内心独白,使独白部分在戏剧中显得更加自然,避免出现大段大段的台词以影响戏剧性,而俄国剧作家契诃夫也同样在戏剧中避免使用内心独白,用一种新的方法来替代内心独白在戏剧中的作用,这种方法就是"停顿"。契诃夫在他的戏剧中尽量用"停顿"代替内心独白以表现人物的内心世界,"停顿"的形式在契诃夫的剧中被广泛使用,用"停顿"代替内心独白是契诃夫在戏剧艺术上的一大发现,使戏剧更能接近现实生活的真正形态。

虽然弃用和反对在戏剧中使用内心独白的声音不绝于耳,但20世纪西方现代戏剧家却完全不加理睬,尤其是从表现主义戏剧开始,内心独白以各种不同的形式和规模不断在戏剧中使用,并且达到了一种极致的程度。内心独白在传统戏剧中仅仅是局部现象或者起枝节的作用,但到了西方现代戏剧里却扩展到戏剧的主干部分和全部,这种表现形式在表述人物内心活动时达到了登峰造极的地步,并使内心独白的内容充满着非理性色彩。表现主义戏剧是现代戏剧首先开始大规模采用内心独白表现手法的戏剧,这种戏剧将表现人的内心世界作为戏剧的重要内容,表现人在物质世界的挤压下的无意识冲动、痛苦的意念和转瞬即逝的思绪,并把这些充满非理性色彩的思绪全部外露出来,使内心独白变成一种可见的、可视的戏剧场面。表现主义戏剧的内心独白往往篇幅较大,是人物此时此景内心世界的真实反映。如奥尼尔的《琼斯皇》,这是部不分幕的八场剧,其中除了第一场琼斯逃亡之前和逃亡的最后被打死的第八场之外,中间六场都是琼斯的内心独白,这六场中没有其他人物,只有琼斯逃亡时的内心记录。在这部戏剧中奥尼尔将内心独白与琼斯逃亡时出现的幻象相结合,使人物的内心独白具有一种动感。第三场中琼斯跌跌撞撞穿过深林,疲劳之时眼前出现幻觉，他仿佛看到了当年的工友："谁在那里？你是谁？杰夫，是你吗？（向对方走去，一时忘记自己的处境，真的相信他看见的是个活人——高兴、宽慰地叫）杰夫，见了你，我高兴极啦！别人告诉我，我给了你一刀，你就真的死了。"① 从第三场到第五场琼斯在精神状态方面已经发生了逆转，从原来害怕逐渐发展到恐惧，从傲慢最终到绝望的状态，喊出了："救主耶稣，听我祷告！我是个可怜的罪人，一个可怜的罪人！我知道犯了罪，我知罪！杰夫用灌了铅的骰子欺骗我，我知道后，一时火性发作就杀了他！上帝啊，我有罪，狱卒用鞭子抽我，我一时火性发作就铲死了他。"② 当琼斯走投无路陷入绝望之地时，精神陷入虚幻的状态之中，他的眼前出现了奴隶拍卖场，而对那些品头论足的买主琼斯说道："白种人，你们都在干什么？怎么啦？你们为啥都在看着我！你们在动什么脑筋，嗯？（突然又恨又怕，气得发抖）这是拍卖场吗？你们要像战前卖我们的先辈一样地把我卖掉吗？"③ 在戏剧中琼斯虽然是对着幻象讲话，实际上这些话语是琼斯的一种内心独白，尽管其精神处在错乱、迷离、恍惚的状态之中，而内心独白却具有理性色彩并构成了发展中的故事情节。

独幕剧中的内心独白不同于多幕剧中多是抒情，而是作为一种展示人物内心世界的方法发展到了极致的程度，内心独白的内容不再成为戏剧的一部分而是全部。其主要探索过程是：在1890年斯特林堡创作《强者》，故事发生在一个咖啡馆里，出场人物为两人，一个是未婚的小姐，一个是已婚的女士，两人在咖啡馆相遇发生冲突。但有意思的是，在这场冲突中，

---

① 周红兴：《外国戏剧名篇选读》（上），作家出版社1988年版，第689页。
② 同上书，第694页。
③ 同上书，第696页。

该剧中的未婚小姐面对已婚女士的恶语相向，仅以手势、表情或笑声做出回应，自始至终没有发出一个字，剧中只有已婚女士一人从头到尾喋喋不休地发泄。1903年契诃夫创作了《论烟草有害》。该剧出场人物仅为一男性角色，契诃夫为他的独白设计了一个既有现实生活依据，又契合台上台下关系的场景——一次面对大众的演讲。但这个男人对正经的演讲内容"论烟草有害"发挥不多，通篇夹杂着的是他对家中厉害的妻子的抱怨。在这些剧作中，独白作为戏剧要素被无限放大了，戏剧打破了传统，使得戏剧可以没有人物之间的交流和对话，单凭一个人就能够继续进行下去。1916年美国剧作家奥尼尔创作的《早餐之前》，从头到尾只有罗兰夫人这一个人物，此外另一个人物罗兰先生不出场，没有一句台词，只露出过一只手。1951年多米尼加的多明格斯创作的《最后的瞬间》是一部一个人心理式戏剧，在个人的独白中注入命运性内容，增加剧作的故事性，此外，剧作中设计了很多诺埃米头脑中假想的与他人的冲突，这种时候独白变成了"对白"，强化了语言的动作性。1981年意大利的达里奥·福创作的《一个女人的最后一天》，戏剧的内容完全是一个家庭妇女在百无聊赖、无法排解内心空虚的状态下的内心独白，也可以说是一种自白，这个戏剧是用写实的方法来表现剧中女子所经历的事情。女主角陷于精神恍惚之中，有意识流的倾向。

二、实例分析——《早餐之前》

奥尼尔的独幕剧《早餐之前》整出戏从头至尾只有女主角一人在台上不停地"独白"。罗兰太太一边做着手头各种日常小事，一边有一搭没一搭地絮絮叨叨喋喋不休地嘲讽、谩骂自己的丈夫。她时而嘲讽丈夫的文学之梦；时而又猜疑他和老情人有染；时而又抱怨自己的不走运；时而又催促丈夫必须去找工作挣钱；时而又谈到离婚问题。直到舞台上传来一把椅子被弄翻倒地的画外音，她才停止了持续整个清晨的"独白"，冲向卧室门口，舞台上只设置了一扇通往卧室的门，卧室里的一切并不在舞台上显现。站在那呆若木鸡，紧接着疯了一样尖叫着跑下场去，至此落幕。

在《早餐之前》中，戏剧冲突的另一方罗兰先生隐身幕后，他的反应在舞台上是看不见的。但要进行"直接的冲突"，他的这部分戏剧动作又是不能缺失的。事实上是，这一部分缺失的人物动作的呈现是由出场的另一方承担完成的，通过她的语言动作呈现的。如《早餐之前》中，我们了解的罗兰先生种种状况，都是从罗兰太太的口中得知的。她时时告诉我们："你用不着装睡！""哦，起的正是时候，你用不着那样看我，再装腔作势也骗不了我一丝一毫。"等。这一通过特殊途径展开戏剧冲突的特征，也构成了此类作品的语言特征：它除了需要具有一般戏剧语言的特征，还要求它的语言既能传达自己部分的戏剧动作，也能兼容和传达对方的戏剧动作。《早餐之前》中，罗兰太太最后的那一段台词鲜明地体现了这样的语言特征。

罗兰太太　（听见了什么，停止说话，谛听）喂！你准是把水弄洒了，流得到处都是。你别掩掩盖盖的了。我听见往地板上滴水呢。（脸上掠过一道恐惧的阴影）阿尔弗雷德！你为什么不回答我？

（她缓缓地朝卧室走去，听到一把椅子被弄翻倒地的响声，好像是有什么东西沉重地摔在地板上。她止住步，吓得浑身直哆嗦）

第四章 西方现代派独幕剧叙事转型的探索

> 阿尔弗雷德！阿尔弗雷德！回答我！你把什么打翻啦？你还醉醺醺的吗？（她精神上再也承受不了这种压力，冲向卧室门口）
>
> 阿尔弗雷德！①

在这一段对话中，"你准是把水弄洒了"，"你别掩掩盖盖的了"，"你为什么不回答我"，"你把什么打翻啦"，"你还醉醺醺的吗"，传达的都是与她冲突的另一方的戏剧动作。

尽管《早餐之前》是在受到某些限制的条件下展开戏剧动作的，但整部剧依然人物形象鲜明，戏剧冲突流畅，引人入胜。以人物而言，剧中主角罗兰太太虽然才20岁出头，还很年轻，照理不应该整天唠唠叨叨，但剧中赋予她出身于杂货商的小市民身份，有些庸俗的性格特征。一出场，两个细节就奠定了她性格的基调。一是她背着丈夫偷偷地喝酒；一是她背着丈夫偷偷地翻他衣服的口袋。对于她今天滔滔不绝的发泄，也为她设置了合理的情境，进行了远近的铺垫。远的铺垫，从罗兰太太的口中，我们知道昨天晚上两个人曾经吵了一架，而家中又发生了经济危机，房租要交，尽管罗兰先生把手表也当了，但他不积极找工作，也解决不了问题；近的铺垫，"尽管睡了一大觉，但没有休息好"，早上起来，心情自然不佳。然后又喝了点酒，精神就亢奋起来。再加上她偷偷翻了丈夫衣服的口袋，发现了丈夫与情人来往的信件，自然而然地就忍不住发泄了。至于那个不露面的罗兰先生，剧作中也用"散笔"大致将他的形象勾勒了出来。出身百万富翁家庭，哈佛大学毕业，喜爱写诗，但在一个商业化的社会里，生

---

① 周豹娣：《独幕剧名著选读》，上海书店出版社2011年版，第133页。

存能力差，又无力与妻子抗争，终于导致自己的悲剧。以戏剧冲突而言，剧作为小家庭中的两人不仅设置了经济危机，还设置了情感危机。特别是情感危机的设计，不仅丰富了戏剧冲突的内容，还帮助最后的戏剧冲突推向高潮。罗兰先生就是在罗兰太太发现了他的秘密后，他开始"刮破自己脸了"，脸色苍白了，他的手"哆嗦得厉害了"。及至罗兰太太又提起他的情人海伦怀孕的消息，并表示自己坚决不会和他离婚时，内外交困的局势，促使罗兰先生的悲剧发生了。

此剧中，首先，"独白"成为全剧唯一的叙事手段。除了罗兰太太的自言自语，没有第二个演员上场与她有任何的台词交流。其次，剧作家把戏剧冲突包含在罗兰太太的"独白"里。她对丈夫的种种不满，现实生活与她理想生活的差距等构成的戏剧冲突使通篇的"独白"避免了枯燥乏味，并牢牢地吸引了台下的观众。汪义群先生在《奥尼尔研究》一书中提道，《早餐之前》是这类作品中实验性最强的一部。全剧仅有一个人的独白，在舞台上是由一个人演出的，在该剧中，主角所说的话都是'对白'。它是一部特殊的'独白剧'。却能自始至终吸引观众的兴趣，实属不易。"①

《早餐之前》通过这一对颇富个性色彩夫妻的冲突，也反映了社会的弊端，如普通人生活的艰难，商业化的社会容不下一个文化人等，但该剧在形式探索上的意义超越内容表现上的意义。戏剧以动作为表现手段，同时"内心独白"手段在戏剧中的运用，古而有之。莎士比亚及其他古典作家的实践已经证明，"独白"是揭示人物内心世界的有效手段之一。在莎士比亚的悲剧《李尔王》中出色地运用独白表现主人公心灵的呼唤与呐喊。"独白"作为人的心理活动和思想情感的自然流露，人物往往能不加掩饰地

---

① 汪义群：《奥尼尔研究》，上海外语教育出版社2006年版，第120页。

展示自己的隐私，情感上的孤独寂寞、思想上的混乱与困惑和封闭的人际关系，等等，最具个人特征，带有强烈的倾诉欲望。"独白"这种戏剧言语动作的表现形式在表现主义戏剧中得到了巨大的发展，越来越多的"表现"成分融入后，"独白"的运用日益普遍，地位越来越重要，越来越多地出现在现代戏剧中。独白是人在独自思考时，是以自我主观世界为交流对象的内心活动（心理过程）的言语外化的呈现形式，这种言语表达是人物内心冲突的外化，是种如果出声的思考的表述，揭示了人物心理深层的活动状态。在贝克特的独幕剧《克拉普的最后录音带》中，内心独白通过一位老人重放他年轻时制作的录音带来表现。

第三节 明暗双重叙事对叙事范式的探索

一、概述

西方现代戏剧与传统戏剧的叙事模式是不同的，在叙事范式上呈现出明叙事和暗叙事相结合的现象。在传统戏剧中，一直贯彻古希腊以来的"艺术模仿自然"的美学原则，在19世纪之前的戏剧叙事风格都是写实、通俗明了的，因为剧作家想要表达的思想同呈现在观众面前的戏剧情节是一致的，无须深入挖掘，其思想和意义就显露在故事的表面。正是这种原因，西方戏剧从古希腊开始一直到19世纪成为老百姓喜闻乐见、明白易懂的艺术形式，同时也成为古希腊时期以及后来的统治者寓教于乐的艺术形式。19世纪末到20世纪初，受到现代哲学的影响，西方现代戏剧的叙事范式发生了根本性的改变。由于西方现代戏剧的观念性和哲理性，剧作家的观念思想往往大于戏剧情节表达的叙事意图，这样就出现了戏剧情节无法完全承载剧作家的主观意图，在戏剧舞台上就出现了剧作家的主观意图和戏剧情节两条叙事线索平行发展，在叙事范式上呈现明叙事与暗叙事交错的现象。

西方现代戏剧无论是象征主义戏剧、唯美主义戏剧、表现主义戏剧、未来主义戏剧、超现实主义戏剧、存在主义戏剧还是荒诞派戏剧都受到西方现代哲学的影响，其中的许多戏剧都是哲理性思想的形象化，是剧作家对现实的一种理性思考。

19世纪末期的易卜生曾在自己的戏剧中尝试过将理性的思辨转化为形象生动的戏剧情节，将充满理性的问题讨论融入他的社会问题剧中，通过这种叙事范式的转换将充满理性色彩的部分变成可感知的形象艺术。正如萧伯纳在1891年写的《易卜生主义的精华》一书中为易卜生进行辩护。

在过去所谓"工致"剧本里，第一幕是展示剧情；第二幕布局设境；第三幕是解开纠纷。现在的次序是：展示、布局、讨论；并且讨论部分是对于剧作家的考验。批评家反对这种安排，但是他们反对只是白费力气。他们说，讨论是没有戏剧性的东西，还说，艺术不应该说教。对于这种说法，剧作家和观众完全不加理睬。易卜生《玩偶之家》里的讨论部分吸引住了整个欧洲，并且严肃的剧作者现在承认，剧本的讨论部分不但是对于他有没有最高能力的主要考验，而且是他的剧本兴趣的真正中心……①

易卜生比较早地运用社会问题剧，尝试将理性说教部分放入感性的戏

---

① 谭霈生：《世界名剧欣赏》，湖南人民出版社1983年版，第222页。

第四章 西方现代派独幕剧叙事转型的探索

剧情节之中,使《玩偶之家》这部社会问题剧震动了西方传统观念和社会基础,成为世界戏剧发展史上的一个里程碑,但是我们也应看到这种方法的使用必须具备以下条件。第一,讨论部分是整个戏剧有机整体的组成部分,戏剧讨论在这里必须顺理成章,人物讨论的问题与戏剧的场面、情境有内在联系。第二,讨论部分同人物的思想觉醒、性格发展有着密切的关系,讨论的内容不是外加的,或来自剧作家的一厢情愿以及思想的传声筒,而是发乎于人物性格以及各种人际关系的自然形成。第三,讨论部分同观众的利益有密切关系,即讨论的部分涉及观众关心的问题。社会问题剧是社会问题的集中体现,它涉及社会矛盾的方方面面,也是观众关注的焦点,因此戏剧具有以上条件才有可能将理性的部分融入戏剧之中。在这里我们也应该看到易卜生的叙事范式并没有脱离西方戏剧的传统,在他创作的中期,即社会问题剧时期,易卜生的戏剧美学思想仍然坚持的是古希腊以来"模仿说"的传统观念,也就是说他的叙事模式没有脱离传统的明叙事方法,故事的一切都呈现在观众的面前,然而这种叙事范式在西方现代戏剧中已经成为过去,剧作家不再使用问题讨论的明叙事的方式来表述自己的观念,而往往是通过明暗结合的方式,将艰涩难懂的哲学思想同通俗易懂的艺术形式相结合,即哲学思想注入生动形象的戏剧情节之中,故事情节的发展和剧作家的主体意识的叙事同步发展。

戏剧作为一门艺术是用美的形象来感染人,用强烈的情感来打动人,而不是用深邃的哲理思想来教育人,因此戏剧中抽象的哲理观念无法作为戏剧情节表现在舞台上。现代戏剧剧作家们在西方现代哲学思潮的影响下,戏剧艺术仅仅是表现形式,所创作出来的戏剧常常带有强烈的哲理思辨和主体意思,在舞台实践和戏剧创作中出现了剧作家的理性思考和主体意识溢出戏剧情节之外的叙事现象,形成复调现象,即剧作家哲理性叙事和戏剧情节叙事同时并存。并且随着戏剧情节向前推进，剧作家对现实的理性思考始终伴随平行发展。

明暗叙事的叙事范式在西方现代戏剧中的广泛运用是同西方现代哲学思潮的影响以及剧作家的主体意识增强有着密切的关系。这反映出剧作家的哲理思想力图挣脱故事情节的束缚，或者故事情节无法承载以及无法直接表达剧作家哲理思想所形成的一种叙事范式。纵观西方现代戏剧，戏剧的明暗叙事范式基本上呈现出如下三种模式：第一，当故事情节大于剧作家思想观念时，戏剧可以运用模仿说的方法进行叙事，如萨特的《死无葬身之地》，戏剧的叙事形式同现实主义戏剧在叙事模式上形成一致的特点，思想观念与叙事形式融为一体。第二，当故事情节小于剧作家主体意识时，戏剧呈现出复杂的叙事范式，由于剧作家的主体意识无法作为一种故事情节，因而在戏剧中只能作为暗叙事来处理，剧作家的哲理思想与戏剧情节同时发展，但剧作家的哲理性沉思是作为一种暗暗涌动的潜流来补充戏剧舞台上的视觉形象，此时戏剧出现明暗双重叙事，如萨特的《禁闭》《阿尔托纳的隐居者》等。除萨特戏剧外，象征主义戏剧也表现得比较突出，如梅特林克的《盲人》《闯入者》，剧作家往往将自己的情感寄托在象征体中，象征的内涵随着戏剧的发展一点一点地显露出来。而第三种情况是戏剧情节根本承载不动剧作家的思想，戏剧情节的作用显得微不足道，戏剧人物的性格与动作处于停滞状态，如贝克特的《啊，美好的日子！》整部戏剧消解和淡化了情节和戏剧冲突作用，在戏剧中剧作家贝克特的主观意识形成散漫无序、混乱停滞的现状。

独幕剧这一体裁形式在明暗双重叙事中起了探索性的作用，经过这一探索实验，然后拓展到多幕剧的创作过程中。比利时戏剧作家梅特林克是一个将主观感受与艺术想象相结合，让深邃的思想孕育在奇异的叙事之中

第四章　西方现代派独幕剧叙事转型的探索

的剧作家。他同传统剧作家一样在表述自己的思想时一般要借用现实生活中已有的或历史已有的素材来作为表述自己主观感受的艺术媒介，但是也有一些戏剧主题在实际生活中是无法找到相应的叙事形式，因而只能借助于艺术的假定性将其完成，但这种叙事形式必须符合观众可接受的限度。梅特林克的象征主义戏剧以1896年为界前后分为两个时期，梅特林克的多部前期剧作以不同的侧面从抽象哲理的角度对人的命运、生存与死亡等进行了深层次的探索与严肃的思考，流露出强烈的悲观情绪和宿命论思想。在梅特林克早期戏剧中观众经常能够感受到戏剧运用一种双重叙事一个是舞台的，可见的；一个是精神的、可感知的。

在梅特林克的戏剧中，剧作家总是将可视的故事情节与不可视的思想观念统一在戏剧舞台上，以思辨的方式将其合在一起，这同梅特林克的叙事美学思想是一致的。梅特林克认为："宇宙是由四大物质的和精神的经验主体维系的。这四大经验主体是：看得见的世界；看不见的世界；看得见的人；看不见的人即心灵。只有看不见的世界和看不见的人合为一体，象征它们，预示它们，才具有实在性。"[①]《闯入者》是梅特林克双重叙事的一范例，在这部戏剧中一家六口人焦急地等待着出家人的到来，但是最后等来的是死神的来临。通过人物的对话和舞台音响，观众能够清晰地感受到在冥冥之中死神由远到近，一步一步地逼近这户人家。这种超自然的力量能够以压倒性的优势掌控着人们的命运，死神的一举一动都存在于人们的对话之中，它作为一种暗叙事存在于人们的想象之中，这使戏剧从始至终保持着种强大的张力和想象的空间。戏剧情节在明的、舞台视觉形象中发展，而暗的、隐蔽的非视觉形象以及梅特林克悲观意识则伴随着情节的叙

---

① 张裕禾：《梅特林克戏剧选·译者前言》，外国文学出版社1983年版，第5页。

事共同前行。

二、实例分析——《禁闭》

在20世纪众多戏剧家中,萨特的戏剧叙事方法表现出独特的艺术风格。萨特首先是一位哲学家;其次才是一位剧作家。他不是为艺术而艺术,他的一切戏剧都是为了表述自己的哲学思想,然而萨特作为一位剧作家也是非常优秀的。作为一位哲人,萨特善于对自然、社会和人类的生存状态进行哲理性的深层透视,而不是用细腻的感情来感染观众。在萨特的戏剧中观众经常能够感受到在传统戏剧的形式中,在峰回路转的戏剧情节之下有一股哲理性的热流扑面而来,并促使观众进行理性的思考。

1944年萨特的独幕剧《禁闭》是他早期的戏剧创作,是他对人际关系哲理性思考的形象化,剧作家为剧中人物设定了不是地狱酷似地狱的地方。描写了素昧平生的一男二女死后被先后关在同一间密不透风、没有窗户、永远亮灯的房间里。男的叫加尔散,生前是一位专栏作家,后来成为一个既不忠于祖国,又不忠于妻子的被枪毙的逃兵;第二位叫伊内丝,是一个女同性恋者,她先与表弟私通,后来又疯狂地与表弟的情人弗洛朗丝鬼混,导致表弟精神极度沮丧而命丧车轮,最后她因煤气中毒与弗洛朗丝一道一命呜呼;第三位被关进来的叫艾丝黛尔,她是一个背叛丈夫的淫荡女人。当着情人的面,将自己的私生女儿溺死,又逼得情人饮弹自尽。自己死于肺病。这三个"贪生怕死的小人""早该是下地狱的臭娘儿们""脏透了的垃圾",一到密室,就彼此纠缠、彼此倾轧、彼此折磨。这三个人在这间无法逃离的屋子里能干些什么呢?加尔散与伊内丝走得近一点,艾丝黛尔就生气;反之,伊内丝就发怒。要是两个女人走得近一点呢?加尔散更受不了。而每当看到第三者那张不愉快的脸,其余两个人的快乐也就无法延续。他们三个人之间相互揭底、伤害、离间和挑唆导致三人之间永远存在不能调和的矛盾。这种相互之间的折磨进行了很久,三个人都想达到一种整体性的和谐却苦无模式。故事仍在进行,但已毫无意义。正如加尔散的感慨之言:"提起地狱,你们便会想到硫黄、火刑、烤架……啊,真是莫大的玩笑!何必用烤架呢?他人就是地狱。"[①]故事的结局和开始一样,三个人照老样子待在那间屋子里。主人公的最后选择是:"好吧,让我们继续下去吧。"

在《禁闭》中萨特用明叙事呈现地狱中三个鬼魂共处一室如何相处故事,而暗线是萨特对人际关系的一种哲理性的认识,即"他人就是地狱"。萨特认为外界的一切都应该否定,一切都是丑恶而混乱的,没有理性的,没有道理的,无可奈何的,用存在主义的概念来说,一切都是荒谬的,就是自然环境也是人类的不自觉的敌人,无任何留恋之处,萨特把希望寄托于想象世界,因为自己没有自由的意志,没有独立的人格,看他人的眼色,仰他人的鼻息,俯仰由他人,全然失去了自我。人都是凭借自己的自由意志做出选择并采取行动的,所以就必须对"选择"的后果负责;人也正是在"自由选择"的过程中才确定了自己的本质。萨特通过剧中人物的处境有意告诫人们:"自由选择"是有明确善恶、是非标准的,因此,人们就应十分慎重地对待选择。人一旦选择了卑劣和丑恶,如加尔散,他就只能得到"恶"的本质和毫无价值的存在。为此,人必须进行高尚的、积极的"自由选择",唯其如此,才能摆脱孤独、苦恼和空虚。"这部独幕剧是关于人之间以及与他人之间的关系,萨特后来所说的名言'他人就是地狱'不

[①] 孙立盎、王莉红:《世界文学名著选读》(下),三秦出版社2006年版,第235页。

是必然适用于所有关系，因为自由允许人打破这种桎梏关系。"① 这种抽象的哲理思考是不可能直接搬上戏剧舞台的，它需要改变形式才能被公众接受，所以一种艺术的外壳与哲理的内核在剧作家的孕育之中就诞生了。两条线索相辅相成，明线支撑着整个戏剧的舞台叙事，暗线使这种叙事更加理性化和寓意化。由于戏剧情节和剧作家的思想具有同质的性质，这两种叙事往往交织在一起，共同完成整个戏剧的叙事，在戏剧中明叙事作用于人的感情，它能使观众身临其境、置身其中；而暗叙事则作用于人的理智，使人沉思猛醒。在戏剧中暗叙事越明显，作用于观众的理智就越强烈。

萨特的《禁闭》是一种以假定性的人物、假定性的环境来阐释一种假定性的人际关系，这种假定性更能打破现实关系的束缚，将这种抽象的哲理思想发挥到淋漓尽致的程度。应该说戏剧在这种假定性故事中为我们展示了一种独特的人际关系，同时也让观众感受到萨特存在主义哲学对人的思考。萨特的哲理思想与戏剧的故事情节在叙事中不是采用明叙事、暗叙事两种叙事范式简单相加，而是有机整体的结合，剧作家将自己的思想融入戏剧的故事情节之中，融入人物的血肉之中，同时剧中的故事情节也为萨特的首理思想找到了艺术的外壳，使明暗叙事达到了完美的结合，试图将戏剧的舞台叙事与现实生活，表面含义和潜在含义紧密地联系起来，扩大戏剧舞台表现的空间，调动观众理性思考戏剧的积极性。

---

① Catharine Savage Rosman, eaw Paul Sartre, Boston: Tweyne Publishers, 1983, p.75.

第四节　环形结构对叙事结构的探索

一、概述

亚里士多德在关于戏剧结构的论述中说道：

所谓"完整"，指事之有头、有身、有尾。所谓"头"，指事之不必然上承他事，但自然引起他事发生者；所谓"尾"，恰与此相反，指事之按照必然律或常规自然的上承某事者，但无他事继其后；所谓"身"，指事之承前启后者。所以结构完美的布局不能随便起讫，而必须遵照此处所说的方式。①

戏剧矛盾的发展规律和时间顺序在叙事结构和布局中起着至关重要的作用，无论是传统戏剧还是绝大多数现代戏剧都一直遵循着这一叙事规律，以矛盾冲突为中心，将纷繁复杂的事件有机合成一个完整的线性叙事行为。西方戏剧传统一直遵照开端—发展—高潮—结局的模式来推进情节进程，这一模式要求有相应的叙事节奏相匹配，要求在观众可以接受的限度内尽量完整、快速、紧凑，"三一律"就是这种观点的极端体现。

但是在西方现代戏剧中也出现一些环形的叙事结构模式，这种叙事结构没有戏剧的结尾也没有戏剧的高潮，戏剧一般从起点开始直到终点，然

---

① ［古希腊］亚里士多德：《诗学》，罗念生译，人民文学出版社1982年版，第25页。

后再将终点转换为起点重新开始，但也有的戏从起点开始一直到终点，随后再从终点退回到起点，使叙事结构循环往复，走上反情节之路，将西方戏剧中惯常的节奏模式打破，将节奏变成了周而复往的圆周循环运动，一般情况下循环式戏剧的叙事结构表明剧作家对戏剧的结果没有信心，对戏剧的叙事走向没有预期。从起点走向终点再转为起点，或者从起点走向终点再从终点退回起点，这种叙事结构的发展态势都不是否定之否定的旋式上升，而是一种西绪弗斯推石头上山的模式，即重复、循环、百无聊赖的循环式叙事态势。

环形结构消解了戏剧的线性叙事传统，阻断了戏剧冲突推进故事情节向前递进的可能性，使叙事节奏处于停滞状态。"叙事节奏是戏剧的重要手段，它决定着戏剧各个部分以整体形态向前推进的速度，也决定着每一个叙事环节的处理和情节的叙事走向。"[①] 环形叙事结构作为一个相对独立的叙事功能虽然不能直接表达剧作家的思想，但是作家却通过这种叙事结构将自己的主观感受运用戏剧素材的有序编排将其表现出来，因为叙事结构同剧作家的叙事观念有着直接的关系，决定着戏剧情节的走向和矛盾冲突解决的方式。一种没有开头和结局的"环形结构"，具有颠覆性的戏剧模式挑战着观众脆弱的神经，观众们早已习惯戏剧在三分之二处应当出现峰回路转，高潮迭起，然后是一个优美的弧线，走向尾声。

环形结构在消解传统叙事结构的同时，也形象地直喻了人生的循环往复、单调乏味。循环结构也打破了惯常的戏剧情节逻辑，使观众对接下来要发生什么无法加以判断，这又增加了剧情的不确定性，显然也暗示了充满变数的人生与未来，提醒我们思考所处的荒谬情境。环形结构强化了叙

---

① 冉东平：《西方现代派戏剧的叙事节奏》，《外语研究》2009 年第 6 期。

事节奏的停滞状态，而人物经常陷入无语的沉默或停顿中，又进一步淡化了戏剧的叙事进程，使戏剧节奏出现了间歇和空当。过多的停顿阻碍了人物的注意力集中于一件事上，思路被打断后情绪也发生断裂，而大量堆积的、彼此不连贯的语言不但失去有效交流的功能，而且削弱了戏剧的叙事节奏，这样，观众的审美连贯性被打乱，不得不停下来思考戏剧之外的蕴涵。这种对于节奏的期待暗合了人们期待生活在危机重重时总会有奇迹出现的善良愿望。而荒诞派戏剧家偏偏要打破观众们的美梦，告诉他们没有救世主，也没有峰回路转，迎接人们的只有无穷无尽的深渊，要想在绝望中奋起，只有依靠自己和荒谬进行殊死的搏斗。

二、实例分析——《秃头歌女》

尤奈斯库的独幕剧《秃头歌女》是荒诞派戏剧的开山之作，它引领了20世纪非理性的戏剧潮流，对整个西方戏剧的发展具有划时代的意义。整部作品中既没有有头发的歌女，也没有无头发的歌女，而且根本就没有歌女。以错乱的英国式挂钟开场，第一次敲17点，而剧中人史密斯太太却说："啊，九点了。"后来敲过7点、3点、5点、2点、2点又1点，甚至29点。

又一次沉默。挂钟敲七下。沉默，挂钟敲三下。沉默。挂钟一下也没敲。

史密斯先生　（仍然在看报）咦？报上登着博比·沃森死了。

史密斯太太　我的上帝啊。这个可怜人是什么时候去世的？

史密斯先生　你为什么作出这种惊奇的样子？你是知道的，他去世已经两年了。你想一想，我们参加他的葬礼已经一年半了。

史密斯太太 我当然记得,我一下子就想起来了,但是我不懂你自己为什么看到报上登的这件事这样吃惊?

史密斯先生 这件事情报上没登过。人们谈起他的死已有三年了。因为联想,我才记起了这件事。

史密斯太太 可惜啊!他以往保养得多好。

史密斯先生 这是大不列颠最漂亮的尸体!从尸体外表,看不出有那么大岁数。可怜的博比,他去世已经四年了……①

这只丧心病狂的挂钟似乎时时刻刻提醒着人们时间的存在,但这时间又是混乱而不可捕捉的,毫无价值。《秃头歌女》展现在观众面前的是怪异、沉寂——史密斯先生和太太在聊天消食。拉不尽的家常,颠三倒四,初尔反尔。他们谈到熟人博比·沃森,但说着说着,那一家人全叫博比·沃森。接着,朋友马丁夫妇来访,和马丁夫妇攀谈起来,才发现他们来伦敦是坐同一趟火车,现在他们在同一条街道,甚至是同一个屋子,还睡在同一张床上!最后发现他们是夫妻关系,而且还生有一个小女儿!但女仆提供一个细节,通过逻辑推理确定的夫妇关系不成立了,谁是谁也无法确认了。剧本结尾,马丁夫妇像开幕时史密斯夫妇那样坐着,一成不变地重复着荒唐的对话……在这种混乱无意义的时间背景伴随下,到了剧终,史密斯夫妇甚至被马丁夫妇替代,回到起点,从头再来。

此剧否定了关于"戏剧情节"的观念。既然否定生活的因果逻辑和规律性,也就根本否定了现实主义戏剧中关于情节典型化的原则。舞台上充满动作而实际上什么也没有发生,就像是一个白痴讲的故事,绘声绘色,

---

① [法]尤金·尤涅斯库:《秃头歌女》,高行健译,中央戏剧学院,第 2 页。

但毫无意义。斯密斯夫妇在第一场的对白，表明他们是一对路人；而在最后一场中，另一对夫妇又在重复第一场中的对白，然后，幕徐徐落下。在这样的"环形结构"中，既没有开头，又没有结尾，把它称为"无情节"的剧本，是不过分的。分辨不出开头结尾，划不出"发展""高潮"等层次，正是荒诞派最满意的戏剧样式。

《秃头歌女》中两对男女，尽管彼此热烈交谈着，却没有任何感情的交流，更没有思想愿望的撞击，他们活像两对全无理智和感情的机器人。特别是马丁夫妇，名为夫妻，却隔膜得形同路人，充分显露出现代文明挤压下现代人的悲哀。在这个没有希望的世界上，人与人的关系是疏远隔膜的，既无法理解，也不可沟通。荒诞派剧作家既然否定了人与人相互交往、沟通的可能性，语言的价值也就不存在了。在这类剧作中，人物的台词或者是语无伦次，或者是莫名其妙的呓语，或者干脆是没有语法结构的单词。比如，马丁夫妇相认一场的对话，就是滑稽的重复，而消防队长所讲的关于感冒的小故事类似于中国相声中的绕口令，女仆的独白则故弄玄虚，还掺杂着一些胡诌的诗句。随着剧情的进展，人物对话越来越不连贯和费解，有时简直驴唇不对马嘴。最后，对话和独白混淆起来，舞台上发出一片乱糟糟的音响……剧作家借此宣布了理性的丧失、荒诞的胜利。

结　语

　　纵观独幕剧的发展历程来说，独幕剧具有戏剧的一般特征，但是有以先锋的姿态进行着对戏剧革新的不懈追求，发出戏剧改革的最强音。

　　通过以上叙事学的分析可以看到，独幕剧的文本在故事层面，在故事事件中，叙事功能大多是日常生活中常见的状态或动作，主要是生活和讲述，这也决定了独幕剧的叙事手法更加的平易近人、贴近生活；在叙事序列的选择上同多幕剧一样采用复合序列，但是复合序列中的链式序列更多被剧情类的独幕剧所使用，嵌入式序列丰富了独幕剧的叙事层次，多运用于锁闭式结构的独幕剧，并列式序列更多运用于左翼思潮影响下的独幕剧。在故事实存中，独幕剧的叙事事件不如多幕剧区分明显，多幕剧中一般除了核心事件还有多个从属事件，独幕剧侧重于单一核心事件的讲述，对从属事件一般淡化处理；在故事实存中，独幕剧由于对情节的重视，所以在人物塑造中多以"功能型"人物为主，不同于多幕剧以"心理型"人物为主。在环境背景中，独幕剧与多幕剧都突出社会背景，但是呈现方式不同，独幕剧的关注的视野较小。独幕剧与多幕剧都离不开物质产品要素（道具），但是在独幕剧中的道具使用从"简"，不如多幕剧讲究，道具常常会成为中心来结构戏剧情节，并且常常还有赋予其象征意义。独幕剧中的环境类型有象征型环境和反讽型环境。这两种类型在多幕剧中也有，但是在独幕剧中环境类型一般笼罩全篇，存在感更强。

　　独幕剧文本在话语层面，在叙事结构中，从叙事方式上看，由于独幕

结　语

剧短小精悍，展开矛盾冲突和解决矛盾冲突都必须是迅速简捷的，更多会采用锁闭式结构，而多幕剧更多为开放式结构。从叙事线索上看，独幕剧在事件选择上侧重于单一核心事件的讲述，情节线可能是多条，但是都是为主线服务的，更多为单线结构，不同于多幕剧以板块式结构为主。从叙事人物上看，独幕剧体量的小巧，确定了容纳不了太多的人或事，所以结构主要是一人一事、一人多事、多人一事，不同于多幕剧的多人多事；在叙事时空方面，独幕剧中的叙事时空除了传统戏剧时空外，在交错式时空、写意时空和蒙太奇式时空上进行了探索，这些时空方式并不是为独幕剧所独有，独幕剧更多充当勇敢迈出第一步的角色；在叙事视角方面，独幕剧与多幕剧都是限知性视角，独幕剧更多为限知性内聚焦型视角，这也符合独幕剧在叙事手法上的平易近人。

　　通过故事和话语两个层次的分析，基本明确独幕剧文本的叙事特征。同时独幕剧作为完整的小型戏剧，体量的小巧在一定程度上也成为独幕剧的一大优势，独幕剧又被称作是"戏剧实验的实验"，在现代派戏剧中表现的尤为明显，一些新的叙事方法和理念是先在独幕剧中进行尝试，然后再融入戏剧发展的大潮之中，具有其独特的价值。为了否定18、19世纪欧洲戏剧舞台上流行的情节剧，梅特林克提出了"静止戏剧"的理论，力图摆脱传统戏剧叙事范式的框架，尝试通过叙事，使戏剧失去戏剧节奏、戏剧动作及戏剧情节所带来的意义。梅特林克典型的"静止戏剧"有《闯入者》《盲人》都为独幕剧作品；内心独白在西方戏剧中常常被使用，独幕剧中的内心独白不同于多幕剧中多是抒情，而是作为一种展示人物内心世界的方法发展到了极致的程度，内心独白的内容不再成为戏剧的一部分而是全部，使之发展成为一类独特的戏剧样式，称为独白型戏剧；明叙事与暗叙事的叙事范式从传统戏剧就已出现，19世纪末以后，戏剧出现明暗双重叙事，即故事情节小于剧作家主体意识,这一阶段出现了不少探索性的独幕剧;出于对传统戏剧的线性叙事传统的消解,出现了环形结构,这一具有颠覆性的戏剧模式也是从独幕剧开始探索的。

20世纪中期以来,戏剧的一些功能正逐渐被电影、电视所取代。就叙事功能来说,电影首先超越了戏剧。电影巧妙多变的远近镜头变换,人物最细微的表情和情感状态都能够被放大若干倍,极清晰地被观众所观察理解;广阔的外景展现可以将全世界的画面展现在观众面前;蒙太奇的剪接更是能够让观众直接看到人物的心理活动,甚至意识流动的轨迹。电影的叙事功能如此完美、全面、精细、深刻,使戏剧受到了前所未有的挑战。当然,之后出现的电视剧在叙事功能方面较电影更加详细而周到,更加普及,也拥有更多的观众群体。另外,全球背景下电子媒介的兴起,对传统媒介构成强劲的挑战。在消费文化、影像文化和网络文化的影响下,我们的生活方式和价值观念发生了巨大的改变,同样带来了戏剧艺术自身的发展与变革。随着大众文艺的繁盛膨胀,尤其是电子传媒、网络文化,以其迅速、通俗、直白、娱乐化受到了大众的欢迎与接受,深刻地影响并塑造着整整一代人的生活方式和价值观念,并以这种观念来影响和塑造着人们的审美心理和接受心理。也就是说,其价值观和审美观的形成大多数是由这些浅显、直白、感性、通俗的非理性的大众文艺塑造而成。而大众文艺缺少对美的品味,一切以感官的直接体现为标准。大众文艺具有巨大的覆盖性,它在现代大众文化中有着无可替代的重要地位,大众文艺作为社会和公众的一种阅读行为,形成了一种可怕的群体无意识。在纯文艺中视为末流的娱乐性、消费性、故事和悬念,都成为大众文艺的基本要素,而纯文学所追求的文本的精美和语言的锤炼,在这里都成为次要因素,甚至成为阅读和接受的障碍。在这种形势下,戏剧自然就受到冲击,甚至到了被淘汰的命运。在大众文化面前,在电子媒介文学面前,戏剧注定走向被边缘化。

那么,戏剧将向何处去?叙事、冲突、情节、人物、文学性、动作性……几乎所有的戏剧功能都被电影和电视剧所取代。戏剧只剩下一个电影、电视剧所无法取代的功能,那就是它的现场性。戏剧作为表演艺术,现场性是其最突出的特点,也是区别于其他艺术门类的独特性质。戏剧表演可以直接面向观众,与接受者交流、互动,是与接受者距离最近、能够进行最直接交流的一种艺术形式。戏剧的表演者可以直接感受到观众对自己演出的反应,在现场就可以接收到观众对戏剧表演的反馈信息,甚至了解观众的情感活动状态,这是其他任何艺术形式都无法达到的审美效果。即使除去了戏剧的叙事性,戏剧最重要的特点依旧是现场性。

目前,戏剧处在全球性的低迷不景气的状态,所以独幕剧的状态也不会太好,独幕剧也渐渐远离当年"小型、业余、实验"和"切合时代潮流"的蓬勃朝气,甚至呈现无舞台演出、无电视播出、无音像制品、无新作问世的"四无"状态,而仅仅成为书籍阅读和艺术院校教学演出的对象。

"文章体制,与时因革",独幕剧的发展变化离不开时代的发展和审美观的变化。以剧场为生存空间的独幕剧没有了生存和繁荣的物质空间,但是也不能悲观地认为,独幕剧也许会成为一种曾经的存在,作为一种历史文体灿烂于其繁华的时代。王国维曾经提出"一时代有一时代之文学"的著名文学进化观,应动态地看待独幕剧。所以,在当下对独幕剧进行梳理研究,归纳独幕剧独特的艺术特征,已成为一项重要的历史使命。

本书不足以说明独幕剧叙事的全部特征,独幕剧经过了百年的发展,与生俱来的"实验性""探索性"使得其更具生气,随着演出形式不断地创新,不断地开拓实验范围,使其一直向前发展,使得戏剧一直后浪推前浪地不断向前发展。独幕剧所开创出来的方法常常受到瞩目，可说是开路先锋，这些方法一旦开创出来，就会为大型戏剧所借鉴吸收，汇集到戏剧的总流中。在本书中只是立足于独幕剧，与之相对的多幕剧并没有太多涉及，这也是日后研究的方向。与此同时，独幕剧既然是"戏剧实验的实验"，实验必然有的失败，有的成功，有的观点偏颇不成熟，方法比较青涩不完美。由于独幕剧体裁形式的普及性，由于风俗习惯和思想的不同，其中展现出来的东西，我们并不是能全部接受，这些需要我们进行选择，对其咀嚼，吸收其精华，对我们有益的部分把它消化融入成我们自己的东西。方法手段是比较容易借鉴的，同时我们更应该关注独幕剧内在的开拓、创新精神，敢于突破传统束缚。它的内在精神正是我们现代化文明建设中所需要的。

参考文献

一、作品选

[1] 施蛰存:《外国独幕剧选》(1—6),上海文艺出版社1981—1992年版。

[2] 中国戏剧家协会湖南分会:《外国独幕剧选》,湖南人民出版社1980年版。

[3] 中国社科院文学研究所现代文学研究室:《中国现代独幕话剧选1919—1949》(三卷),人民文学出版社1984年版。

[4] 中国现代文学史参考资料:《独幕剧选》,上海教育出版社1979年版。

[5] 周豹娣:《独幕剧名著选读》,上海书店出版社2011年版。

[6] 刘秀丽:《中外独幕剧选读与赏析》,云南大学出版社2017年版。

[7] 辽宁人民出版社编辑:《苏联独幕剧选》,辽宁人民出版社1957年版。

[8] 王央乐:《拉丁美洲现代独幕剧选》,人民文学出版社1978年版。

[9] [比]梅特林克:《玛兰公主——梅特林克剧作选》,管震湖、李胥森译,湖南人民出版社1985年版。

[10] 周红兴:《外国戏剧名篇选读》(上下),作家出版社1988年版。

[11] 上海戏剧学院戏剧文学系编选:《外国剧作选》(1—6),罗念生译,

上海文艺出版社 1981 年版。

[12] 汪义群:《西方现代戏剧流派作品选》(1—5),中国戏剧出版社 1989—2005 年版。

[13] 袁可嘉、董衡巽、郑克鲁:《外国现代派作品选》(1—4),上海文艺出版社 1980—1985 年版。

二、主要著作

[1] 蔡慕晖:《独幕剧 ABC》,ABC 丛书社 1929 年版。

[2] 高普:《怎样编写独幕剧》,四联出版社 1954 年版。

[3] 王炼、夏彤:《谈谈写独幕剧》,江苏文艺出版社 1958 年版。

[4] 梁秉堃:《独幕剧写作漫谈》,重庆出版社 1983 年版。

[5] 孟犁野:《独幕剧编剧概论》,花山文艺出版社 1989 年版。

[6] 陆军:《编剧理论与技法——从小型戏剧的文本写作切入》,中国戏剧出版社 2005 年版。

[7] 孙祖平:《戏剧小品剧作教程》,上海人民出版社 2006 年版。

[8][美]约翰·霍华德·劳逊:《电影与戏剧的剧作理论与技巧》,邵牧君、齐宙译,中国电影出版社 1979 年版。

[9] 顾仲彝:《编剧理论与技巧》,中国戏剧出版社 1981 年版。

[10][法]热拉尔·热奈特:《叙事话语、新叙事话语》,王文融译,中国社会科学出版社 1990 年版。

[11][荷]米克·巴尔:《叙述学——叙事理论导论》,谭君强译,北京师范大学出版社 2015 年版。

[12][以色列]里蒙-凯南:《叙事虚构作品》,姚锦清译,生活·读

书·新知三联书店 1989 年版。

[13]［美］J. 希利斯·米勒:《解读叙事》,申丹译,北京大学出版社 2002 年版。

[14]［美］戴卫·赫尔曼:《新叙事学》,马海良译,北京大学出版社 2002 年版。

[15]［美］华莱士·马丁:《当代叙事学》,伍晓明译,北京大学出版社 2005 年版。

[16]［美］杰拉德·普林斯:《叙事学——叙事的形式和功能》,徐强译,中国人民大学出版社 2013 年版。

[17]［美］海登·怀特:《后现代历史叙事学》,陈永刚、张万娟译,中国社会科学出版社 2003 年版。

[18]［英］马克·柯里:《后现代叙事理论》,宁一中译,北京大学出版社 2004 年版。

[19]［美］罗伯特·斯科尔斯、詹姆斯·费伦:《叙事的本质》,于雷译,南京大学出版社 2016 年版。

[20]［美］西蒙·查特曼:《故事与话语——小说和电影的叙事结构》,徐强译,中国人民大学出版社 2015 年版。

[21] 张寅德:《叙述学研究》,中国社会科学出版社 1989 年版。

[22] 胡亚敏:《叙事学》,华东师范大学出版社 1994 年版。

[23] 罗钢:《叙事学导论》,云南人民出版社 1994 年版。

[24] 谭君强:《叙事理论和审美文化》,中国社会科学出版社 2002 年版。

[25] 谭君强:《叙事学导论——从经典叙事学到后经典叙事学》,高等教育出版社 2008 年版。

[26] 申丹、王丽亚:《西方叙事学：经典与后经典》,北京大学出版社

2010年版。

[27] 赵毅衡:《当说者被说的时候——比较叙事学导论》,中国人民大学出版社1998年版。

[28] 赵毅衡:《广义叙述学》,四川大学出版社2013年版。

[29] 唐伟胜:《文本 语境 读者——当代美国叙事理论研究》,世界图书上海出版公司2013年版。

[30] 耿占春:《叙事美学》,郑州大学出版社2002年版。

[31] 祖国颂:《叙事的诗学》,中国社会科学出版社2006年版。

[32] 苏永旭:《戏剧叙事学研究》,中国戏剧出版社2004年版。

[33] 周宁:《比较戏剧学中西戏剧话语模式研究》,上海社会科学院出版社1993年版。

[34] 叶志良:《跨界叙事:戏剧与影视的文化阐释》,清华大学出版社2015年版。

[35] 冉东平:《西方现代戏剧叙事转型研究》,北京大学出版社2017年版。

[36] 周宁:《西方戏剧理论史》,厦门大学出版社2008年版。

[37] 何辉斌:《戏剧性戏剧与抒情性戏剧——中西戏剧比较研究》,中国社会科学出版社2004年版。

[38] [美]罗伯特·麦基:《故事——材质、结构、风格、银幕剧作的原理》,周铁东译,北京电影出版社2001年版。

[39] [法]罗兰·巴特:《符号学美学》,董学文译,辽宁人民出版社1987年版。

[40] [法]于贝斯菲尔德:《戏剧符号学》,宫宝荣译,中国戏剧出版社2004年版。

[41] 童庆炳:《文体与文体的创作》,云南人民出版社 1994 年版。

[42] 童庆炳:《文学理论教程》,高等教育出版社 2008 年版。

[43] 钱仓水:《文体分类学》,江苏教育出版社 1992 年版。

[44] 王宏建:《艺术概论》,文化艺术出版社 2000 年版。

[45] 黄宝富、高玉:《艺术概论》,上海文艺出版社 2001 年版。

[46] 张同道:《艺术理论教程》,北京师范大学出版社 1997 年版。

[47] 刘象愚、杨恒达、曾艳兵:《从现代主义到后现代主义》,高等教育出版社 2008 年版。

[48] 严程莹、李启斌:《戏剧研究——方法与案例》,云南大学出版社 2014 年版。

[49] 严程莹、李启斌:《西方戏剧文学的话语策略——从现代派戏剧到后现代派戏剧》,云南大学出版社 2009 年版。

[50] 中国社会科学院外国文学研究所、外国文学研究资料丛刊编辑委员会编:《外国现代剧作家论剧作》,中国社会科学出版社 1982 年版。

[51][古希腊]亚里士多德:《诗学》,罗念生译,人民文学出版社 1962 年版。

[52][德]布莱希特:《布莱希特论戏剧》,丁扬忠译,中国戏剧出版社 1990 年版。

[53][英]马丁·艾思林:《戏剧剖析》,罗婉华译,中国戏剧出版社 1981 年版。

[54][英]威廉·阿契尔:《剧作法》,吴钧燮、聂文杞译,中国戏剧出版社 2004 年版。

[55][美]贝克:《戏剧技巧》,余上沅译,中国戏剧出版社 2004 年版。

[56][英]J.L.斯泰恩:《现代戏剧的理论与实践》(1-3),周诚译,中国

戏剧出版社 1986 年版。

[57]〔德〕彼得·斯丛狄:《现代戏剧理论》,王建译,北京大学出版社 2006 年版。

[58]〔德〕曼弗雷德·普菲斯特:《戏剧理论与戏剧分析》,周靖波、李安定译,北京广播学院出版社 2004 年版。

[59]〔德〕古斯塔夫·弗莱塔克:《论戏剧情节》,张玉树译,上海译文出版社 1981 年版。

[60]〔美〕凯瑟琳·乔治:《戏剧节奏》,张全全译,中国戏剧出版社 2006 年版。

[61] 谷剑尘:《现代戏剧作法》,世界书局 1933 年版。

[62]〔日〕河竹登志夫:《戏剧概论》,陈秋峰、杨国华译,中国戏剧出版社 1983 年版。

[63] 金登才:《戏剧本质论》,中国戏剧出版社 1989 年版。

[64] 孙惠柱:《第四堵墙——戏剧的结构和解构》,上海书店出版社 2006 年版。

[65] 杨文华:《西方现代戏剧艺术论》(上下),大众文艺出版社 2006 年版。

[66] 谭霈生:《戏剧本体论》,北京大学出版社 2009 年版。

[67] 谭霈生:《论戏剧性》,北京大学出版社 2009 年版。

[68] 袁联波:《西方现代戏剧的文体突围》,巴蜀书社 2008 年版。

[69] 顾春芳:《戏剧学导论》,北京大学出版社 2014 年版。

[70] 朱栋霖、王文英:《戏剧美学——一种现代阐释》,江苏文艺出版社 1991 年版。

[71] 戴平:《戏剧美学教程》,上海书店出版社 2011 年版。

[72]［德］黑格尔:《美学》,朱光潜译,商务出版社1981年版。

[73]［日］今道友信:《存在主义美学》,崔相录、王生平译,辽宁人民出版社1987年版。

[74]余秋雨:《世界戏剧学》,长江文艺出版社2013年版。

[75]余秋雨:《艺术创造学》,长江文艺出版社2013年版。

[76]余秋雨:《观众心理学》,长江文艺出版社2013年版。

[77]李增道:《西方戏剧·剧场史》(上下),清华大学出版社1999年版。

[78]廖可兑:《西欧戏剧史》(上下),中国戏剧出版社2007年版。

[79]陈世雄:《现代欧美戏剧史》(上中下),文化艺术出版社2010年版。

[80]马相武、赵旭:《旋转的"第四堵墙"欧美戏剧史话》(上下),海南出版社1993年版。

[81]田本相、焦尚志:《中国话剧史研究概述》,天津古籍出版社1993年版。

[82]田本相:《现当代戏剧论》,江西高校出版社2006年版。

[83]田本相:《中国现代比较戏剧史》,文化艺术出版社1993年版。

[84]王新民:《中国当代话剧艺术演变史》,浙江大学出版社2000年版。

[85]傅谨:《二十世纪中国戏剧导论》,中国社会科学出版社2004年版。

[86]乔丽:《外国戏剧史》,河南大学出版社2014年版。

[87]伍蠡甫:《西方文论选》(上下),上海译文出版社1979年版。

[88]冉国选:《二十世纪国外戏剧概观》,河南人民出版社1991年版。

[89]冉东平:《西方文学经典导读》,北京理工大学出版社2014年版。

[90]梁燕丽:《20世纪西方探索剧场理论研究》,上海三联书店2009

年版。

[91] 南京市文化局艺术研究所、南京市话剧团、南京文化编辑部:《小剧场戏剧研究》,南京大学出版社 1991 版。

三、期刊论文

[1] 林克欢:《故事框架与叙述模式——"戏剧的叙述结构"之一》,《剧本》1988 年第 6 期。

[2] 林克欢:《叙述者——"戏剧的叙述结构"之二》,《剧本》1988 年第 11 期。

[3] 林克欢:《"不连续"的连续——"戏剧的叙述结构"之三》,《剧本》1988 年第 8 期。

[4] 林克欢:《高行健的多声部与复调戏剧》,《文学评论》1987 年第 6 期。

[5] 唐伟胜:《范式与层面:国外叙事学研究综述——兼评国内叙事学研究现状》,《上海外国语大学学报》2003 年 10 期。

[6] 李芳芳:《经典叙事学理论之综述》,《大众文艺》2011 年第 5 期。

[7] 谭霈生:《戏剧与叙事》,《四川戏剧》2013 年第 7 期。

[8] 严程莹、李启斌:《近年来戏剧叙事学理论研究述评》,《戏剧文学》2009 年第 12 期。

[9] 周宪:《布莱希特的叙事剧:对话抑或独白?》,《戏剧》1997 年 4 期。

[10] 丁罗男:《中国话剧文体的嬗变及其文化意味》,《戏剧艺术》1998 年第 1、6 期。

[11] 张先:《场与流——关于戏剧的叙事性问题》(一、二),《戏剧》2001 年第 2、3 期。

[12] 胡志毅:《论西方现代派戏剧的结构》,《浙江大学学报》(社会科学版)1993年第4期。

[13] 叶志良:《走向开放的戏剧叙述》,《学术论坛》1998年第4期。

[14] 冉东平:《突破西方传统戏剧的叙事范式——从叙事范式转变看西方现代派戏剧生成》,《广东社会科学》2009年第10期。

[15] 申丹:《结构与解构：评J.希利斯·米勒的"反叙事学"》,《欧美文学论丛》2003年第00期。

[16] 张一平:《结构与解构——从索绪尔到德里达》,《外语学刊》2006年第7期。

[17] 谭君强:《"三一律"的时间整一与戏剧叙事》,《四川大学学报》(哲学社会科学版)2014年第3期。

[18] 张颖:《从"空间"维度探究戏剧叙事的合理性》,《齐鲁艺苑》2015年第6期。

[19] 汤逸佩:《空间的变形——中国当代话剧舞台叙事空间的变革》,《云南艺术学院学报》2004年3期。

[20] 汤逸佩:《时间的扭曲——中国当代话剧舞台叙事形式的变革》,《戏剧艺术》2004年6期。

[21] 汤逸佩:《戏剧叙事空间的双重维度》,《戏剧文学》2011年12期。

[22] 汤逸佩:《戏剧叙述维度的双重性》,《戏剧文学》2014年第9期。

[23] 汤逸佩:《试论戏剧叙事中的辅助性情境》,《云南艺术学院学报》2016年第2期。

[24] 汤逸佩:《试论戏剧叙事中核心情境的建构》,《戏剧》2016年第3期。

[25] 汤逸佩:《新时期戏剧二度"西潮"的比较研究》,《中国文艺评论》

2016 年第 4 期。

[26] 汤逸佩:《试论戏剧情境的呈现及其技巧》,《新世纪剧坛》2016 年第 4 期。

[27] 汤逸佩:《戏剧叙事中事件的性质及其功能》,《云南艺术学院学报》2017 年第 2 期。

[28] 汤逸佩:《新潮演剧与中国早期话剧的演剧观念》,《戏剧艺术》2018 年第 3 期。

[29] 傅修延:《问题、目标和突破口:中西叙事传统比较研究谫论》,《外国文学研究》2018 年第 3 期。

[30] 爱默杨:《数字媒体可以改变戏剧叙事类型》,《艺术教育》2018 年第 20 期。

[31] 孟玖:《独幕剧浅说》,《中国文艺》1940 年第 5 期。

[32] 巩思文:《独幕剧与中国新剧运动的出路》,《人生与文学》1935 年第 2 期。

[33] 陈维屏:《独幕剧讲座》,《青年学生》1938 年第 6 期。

[34] 周镜之:《独幕剧研究》,《现代学生》1933 年第 8 期。

[35] 张光年:《谈独幕剧》,《剧本》1954 年第 5 期。

[36] [苏] 格列波夫:《关于独幕剧》,蔡时济译,《剧本》1954 年第 5 期。

[37] 熊佛西:《熊佛西谈独幕剧——来信摘录》,《剧本》1957 年第 8 期。

[38] 丁楠:《论独幕剧的艺术特点》,《剧本》1982 第 3 期。

[39] 丁楠:《论独幕剧的特点与技巧——外国独幕剧选编后》,《戏剧艺术》1981 年第 12 期。

[40] 周端木、孙祖平:《论独幕剧》,《戏剧艺术》1982 年第 10 期。

[41] 辛夷:《浅谈独幕剧的戏剧冲突》,《戏剧创作》1980 年第 4 期。

[42] 孙祖平：《独幕剧的时间和空间》，《戏剧艺术》1988 年第 12 期。

[43] 孙祖平：《独幕剧戏剧小品探源》，《戏剧艺术》1992 年第 7 期。

[44] 家坪：《大处着眼，小处着手——浅谈独幕剧结构》，《戏剧创作》1980 年第 4 期。

[45] 杨志琨：《独幕剧戏剧冲突的艺术特征》，《艺圃》1996 年第 5 期。

[46] 刘军：《施蛰存与〈外国独幕剧选〉》，《四川大学学报》（哲学社会科学版）2011 年第 2 期。

[47] 刘军：《论外国独幕剧在现代中国的传播》，《吉林师范大学学报》2010 年第 3 期。

[48] 刘文辉：《论五四时期独幕剧的兴起与中国话剧形态的现代转型》，《戏剧文学》2015 年第 12 期。

[49] 何吉贤：《"抗战演剧"背景下的独幕剧及其"适用性"》，《中国现代文学研究丛刊》2016 年第 10 期。

[50] 吴悦：《论独幕剧的开头方式》，《大众文艺》2017 年第 6 期。

四、硕博论文

[1] 方婧：《浅析建国后"十七年"的独幕剧创作》，硕士学位论文，中国艺术研究院，2017 年。

[2] 陈晗：《起点——尤金·奥尼尔早期独幕剧探究》，硕士学位论文，上海戏剧学院，2009 年。

[3] 肖盈盈：《"独幕剧圣手"的转向与拓展——丁西林后期戏剧创作研究》，硕士学位论文，贵州师范大学，2009 年。

[4] 刘兰芳：《早期婚恋题材的独幕剧研究》，硕士学位论文，北京师范

大学，2006年。

[5] 林芹怡:《从独幕剧之发展与形式探讨〈帆动？风动？心动？〉》之创作》，博士学位论文，台湾师范大学，2013年。

[6] 张颖:《戏剧与影视空间叙事比较研究》，博士学位论文，山西师范大学，2015年。

[7] 肖俏:《西方戏剧受叙者研究》，博士学位论文，山西师范大学，2017年。

[8] 刘二永:《中国古典剧论中的叙事理论研究》，博士学位论文，山西师范大学，2017年。

[9] 李霞:《戏剧叙事节奏研究》，博士学位论文，山西师范大学，2018年。

附录 独幕剧叙事研究作品表

表1 外国独幕剧选

剧作	剧作家	国籍	创作时间	译者
《大路上》	契诃夫	俄国	1885年	李健吾
《天鹅之歌》	契诃夫	俄国	1887年	李健吾
《蠢货》	契诃夫	俄国	1888年	曹靖华
《求婚》	契诃夫	俄国	1889年	曹靖华
《论烟草之害》	契诃夫	俄国	1902年	李健吾
《莎乐美》	王尔德	英国	1893年	田汉
《骑马下海的人》	约翰·沁孤	爱尔兰	1903年	郭沫若
《月亮上升的时候》	格莱格瑞夫人	爱尔兰	1904年	俞大缜
《故去的亲人》	斯丹利·郝登	英国	1908年	庄绛
《十二镑钱的神情》	詹·马·巴蕾	英国	1902年	丁西林
《上了锁的箱子》	约翰·麦斯菲尔德	英国	1926年	丁西林
《戴亚王》	海尔曼·苏特曼	德国	1897年	施蛰存
《一个善良的女人》	亚诺而德·彭内特	英国		沈师光
《石祠堂》	乔治·卡尔特龙	英国	1911年	沈师光
《煤的代价》	哈罗德·布列好斯	英国	1909年	沈师光
《小酒店的一夜》	邓珊奈爵士	英国		施蛰存
《童车》	鲍斯华士·克洛寇	英国	1919年	待桁
《见证》	耶·荷尔赫列支基	捷克		施蛰存

续表

剧作	剧作家	国籍	创作时间	译者
《莱欧尼达先生遇后"反动派"的时候》	扬·卡拉迦列	罗马尼亚		齐放
《强盗华史拉夫》	塔·普尔什瓦尔斯基	波兰		海岑
《情人》	格·马·洗艾拉	西班牙		施蛰存
《一个晴朗的早晨》	甘代洛兄弟	西班牙		待桁
《他的寡妇的丈夫》	耶珊妥·培那望德	西班牙	1908年	杨小石
《灵魂的戏剧》	叶夫雷诺夫	俄国	1915年	
《死后》	恰尤比	阿尔巴尼亚	1910年	陈中绳
《闯入者》	梅特林克	比利时	1890年	汤澄波
《群盲》	梅特林克	比利时	1890年	汤澄波
《七公主》	梅特林克	比利时	1891年	汤澄波
《圣安东尼显灵记》	梅特林克	比利时	1920年	戈哈
《室内》	梅特林克	比利时	1894年	雁冰
《阿拉丁和帕洛密德》	梅特林克	比利时	1894年	朱陵
《男高音歌手》	弗朗克·维特金德	德国	1897年	待桁
《利他主义》	卡尔·艾特林格	德国	1924年	待桁
《秋火》	古斯达夫·维德	丹麦		海岑
《被放逐者》	斯特林堡	瑞典	1871年	
《强者》	斯特林堡	瑞典	1903年	
《朱莉小姐》	斯特林堡	瑞典	1888年	海岑
《鬼魂奏鸣曲》	斯特林堡	瑞典	1907年	李之义
《主角登场》	戴丽莎·海尔朋	美国	1916年	文颖
《街坊》	曹娜·盖尔	美国		杨小石

附录 独幕剧叙事研究作品表

续表

剧作	剧作家	国籍	创作时间	译者
《坦白》	珀西瓦尔·淮尔德	美国	1916年	万紫
《另一条出路》	劳伦斯·兰纳	美国		海岑
《永远在一起》	丽达·威尔曼	美国		宜陵
《被遗忘的人》	大卫·宾斯基	犹太		赵铭彝
《弗朗莎的运气》	乔治·德·包妥·列虚	法国	1898年	济华
《和睦家庭》	乔治·戈代林	法国	1903年	万紫
《朗孚兰先生》	乔治·安赛	法国	1888年	林清
《绿鹦鹉》	阿瑟·显尼志勒	奥地利		杨小石
《祖母》	拉育思·皮洛	匈牙利	1945年	邵修青
《魔椅》	弗基耶什·卡林蒂	匈牙利	1916年	叶小铿
《马戏团员》	海尔曼·海裘曼	荷兰		施蛰存
《灵魂的权利》	裘塞普·嘉戈沙	意大利	1920年	宜京
《西西里的酸橙》	路易吉·毕朗代洛	意大利		沈师光
《父归》	菊池宽	日本	1917年	雨甫
《婴儿杀戮》	山本有三	日本	1919年	百刚
《审獾》	彼达尔·柯契奇	南斯拉夫	1904年	海岑
《玛塔·格鲁尼》	弗洛伦西奥	乌拉圭	1908年	吴建恒
《仁爱之心》	安德烈夫	俄国	1908年	叶小铿
《白杨路》	凡尔农·薛尔汶	英国	1930年	方帆
《可爱的奇迹》	菲利浦·琼逊	英国		姚光曙
《烟幕》	哈罗德·布列好斯	英国		林翼
《烟熏橡木》	诺艾尔·柯华德	英国		主万
《丑小鸭》	艾·亚·米尔恩	英国	1941年	鹿金

续表

剧作	剧作家	国籍	创作时间	译者
《进步》	圣约翰·欧文	爱尔兰	1922年	吴劳
《伪币制造者》	伯纳德·杜菲	爱尔兰	1925年	丁祖永
《山屋》	乔·柯利	苏格兰		沈师光
《别墅出让》	沙夏·纪特瑞	法国		张翼亭
《一个绝望的人》	嘉布里埃·迪莫瑞	法国	1935年	姚光曙
《丽瑟（恭顺的妓女）》	让·保尔·萨特	法国	1946年	罗大冈
《禁闭（密室）》	让·保尔·萨特	法国	1944年	荣广润
《阿杜安的手》	热昂·萨尔泰纳	法国		万紫
《明天的战争》	汉斯·格罗斯	德国	1932年	施蛰存
《例外与常规》	贝托尔特·布莱希特	德国	1930年	长流
《卡拉尔大娘的枪》	贝托尔特·布莱希特	德国	1937年	姚可崑
《密探》	贝托尔特·布莱希特	德国	1938年	荣广润
《妙计》	马克斯·奥勃	西班牙		李建中
《克里斯托巴里先生的戏棚》	费·加·洛尔迦	西班牙	1931年	沙金
《另一个儿子》	路易吉·毕朗代洛	意大利	1923年	宗迹
《火山农场》	约翰·西古琼森	冰岛		蔡学渊
《旱灾》	约翰·杜·普来西	南非	1937年	宗迹
《国境之夜》	秋田雨雀	日本	1921年	陈北鸥
《星期四晚上》	克列斯妥弗·莫莱	美国		宗迹
《红色康乃馨》	格伦·休斯	美国	1925年	吴劳
《伏流》	费伊·埃勒特	美国		鹿金
《等待老左》	克利福特·奥代茨	美国	1935年	陈良廷

续表

剧作	剧作家	国籍	创作时间	译者
《埋葬死者》	欧文·肖	美国	1936年	汪义群
《日出颂》	保尔·格林	美国		林朝晖
《喂，那边的人》	威廉·萨洛扬	美国	1941年	鹿金
《满满的二十七车棉花》	坦尼西·威廉姆斯	美国		文丰山
《蜡人》	玛丽·雷诺兹	加拿大		方帆
《你在想什么？》	哈维尔·维劳路蒂亚	墨西哥	1943年	徐曾惠
《荒岛》	罗伯特·阿莱特	阿根廷	1937年	张慧英
《列宁格勒之夜》	康斯坦丁·巴乌斯托夫斯基	苏联	1942年	叶小铿
《瞬息间的幻影》	列奥尼德·连奇	苏联	1944年	沙金
《疑幻疑真》	亚蒂拉·封·渥尔波克	匈牙利		徐川文
《青蛙监督员》	维克托尔·叶夫基米乌	罗马尼亚	1922年	沙金
《房租》	勃兰尼新拉夫·努希契	南斯拉夫	1930年	叶小铿
《宠坏了的达林》	埃德蒙·巴克利	澳大利亚		沈师光
《红夹竹桃》	泰戈尔	印度	1926年	冯金章
《屋上的狂人》	菊池宽	日本	1922年	陈迪
《父归》	菊池宽	日本	1917年	雨甫
《冬天的烟火》	太宰治	日本	1945年	林春
《医疗所》	西安·奥卡西	英国	1951年	主万
《病人》	阿加莎·克里斯蒂	英国	1962年	蔡学渊
《黑暗中的喜剧》	彼得·谢弗尔	英国	1965年	金名
《赛西尔(《父亲学校》)》	让·阿努伊	法国	1951年	丁敬泽

续表

剧作	剧作家	国籍	创作时间	译者
《别开生面》	让·塔迪欧	法国		吴劳
《阿希特律克》	罗贝尔·潘易	法国	1961年	吴劳
《沉船》	埃里克·韦斯特法尔	法国	1977年	黎赞光
《一幅画像》	欧也纳·尤涅斯库	法国		鹿金
《摇啊摇》	冈特格拉斯	德国	1960年	林申
《夜景》	沃尔夫·甘希尔特夏默	德国		周惠娟
《家庭战役》	马丁·瓦尔泽	德国	1963年	马文韬
《预言》	阿尔弗雷特·马图舍	德国	1971年	闻涛
《难言之隐》	阿尔图·沙斯特雷	西班牙	1953年	丁文林
《十五年前就死了》	希梅内斯·阿尔努	西班牙	1953年	殷恒民
《普拉多画院的黑夜和战争》	拉斐尔·阿尔贝谛	西班牙	1956年	陈迪
《第一次圣餐》	费尔南多·阿拉巴尔	西班牙	1962年	鲁宁
《一条新闻》	拉罗·奥尔摩	西班牙	1963年	晓音
《傍晚发生的小事》	弗·杜伦马特	瑞士		沈师光
《邻居》	哈·苏默尔	奥地利	1968年	马云
《塔楼》	彼得·魏斯	瑞典		静尔
《休息日》	雷克·费舍尔	丹麦		沙金
《世界在我手中》	阿·沙伊克维奇	苏联	1971年	陈明秀
《吉卜赛女巫》	罗·科尔涅夫	苏联	1979年	叶小铿
《在茫茫大海上》	斯·穆罗热克	波兰		梁音
《审婚》	什·哈尔拉姆普	罗马尼亚	1964年	沙金
《男爵卡普兰》	雅·迪特尔	捷克		李明琨

续表

剧作	剧作家	国籍	创作时间	译者
《两个星期一的回忆》	阿瑟·密勒	美国	1955年	傅力
《维希事件》	阿瑟·密勒	美国	1964年	田路一
《逝水华年》	威廉·应琪	美国	1958年	张善庆
《逢场作戏》	塔特·莫塞尔	美国	1960年	曲辰
《打字员》	墨莱·希思格尔	美国	1960年	季尧
《等车》	雷蒙·德尔加多	美国		陈迪
《没有说破的事》	坦尼西·威廉姆斯	美国		赵国雄
《将军要谈谈神谱》	何塞·特里亚纳	古巴	1957年	樊瑞华
《共度良宵》	马·维拉尔塔	墨西哥	1970年	江川
《莫里生案件》	马尔兹	美国	1952年	叶芒
《钉上十字架的人》	雅鲁纳尔	苏联	1958年	王央乐
《最后的瞬间》	多明格斯	多米尼加	1956年	王央乐
《白围身》	塞尔希奥·博达诺维克	智利	1970年	王央乐
《奥尔菲》	科克托	法国	1925年	金志平
《送菜升降机（沉默侍者）》	哈罗德·品特	法国	1957年	施咸荣
《动物园的故事》	阿尔比	美国	1958年	郑启吟
《破旧的别墅》	Y.雅鲁纳尔	俄国	1939年	什之
《早餐之前》	尤金·奥尼尔	美国	1916年	郭继德
《警报》	尤金·奥尼尔	美国	1913年	郭继德
《东航卡迪夫》	尤金·奥尼尔	美国	1916年	郭继德
《加勒比群岛之月》	尤金·奥尼尔	美国	1918年	郭继德
《画十字的地方》	尤金·奥尼尔	美国	1918年	郭继德

续表

剧作	剧作家	国籍	创作时间	译者
《送冰的人来了》	尤金·奥尼尔	美国	1940 年	郭继德
《休伊》	尤金·奥尼尔	美国	1942 年	郭继德
《女仆》	让·日奈	法国	1951 年	施康强
《阳台》	让·日奈	法国	1956 年	沈林
《椅子》	尤金·尤涅斯库	法国	1951 年	黄雨石
《秃头歌女》	尤金·尤涅斯库	法国	1950 年	高行健
《新房客》	尤金·尤涅斯库	法国	1953 年	
《终局》	萨缪尔·贝克特	爱尔兰	1957 年	赵家鹤
《克拉普的最后一盘录音带》	萨缪尔·贝克特	爱尔兰	1958 年	刘爱英

表 2　中国独幕剧选

剧作	剧作者	创作时间
《终身大事》	胡适	1919 年
《好儿子》	汪仲贤	1921 年
《爱国贼》	陈大悲	1922 年
《一只马蜂》	丁西林	1923 年
《亲爱的丈夫》	丁西林	1924 年
《酒后》	丁西林	1925 年
《压迫》	丁西林	1926 年
《瞎了一只眼》	丁西林	1927 年
《北京的空气》	丁西林	1930 年
《三块钱国币》	丁西林	1939 年
《苏州夜话》	田汉	1930 年

续表

剧作	剧作者	创作时间
《获虎之夜》	田汉	1933 年
《梅雨》	田汉	1932 年
《乱钟》	田汉	1932 年
《泼妇》	欧阳予倩	1925 年
《屏风后》	欧阳予倩	1929 年
《同住的三家人》	欧阳予倩	1932 年
《兵变》	余上沅	1925 年
《笑的泪》	杨晦	1926 年
《抗争》	郑伯奇	1927 年
《醉了》	熊佛西	1928 年
《子见南子》	林语堂	1928 年
《母亲的遗像》	马彦祥	1929 年
《骷髅的迷恋者》	陈楚淮	1930 年
《阿珍》	冯乃超	1930 年
《S.O.S》	适夷	1932 年
《敌同志》	白薇	1932 年
《一个女人和一条狗》	袁牧之	1932 年
《金宝》	谷剑尘	1932 年
《都会的一角》	夏衍	1935 年
《走私》	洪深	1925 年
《咸鱼主义》	洪深	1925 年
《东北之家》	章泯	1936 年
《汉奸的子孙》	于伶	1936 年

续表

剧作	剧作者	创作时间
《别的苦女人》	姚时晓	1936 年
《一个没有登记的同志》	李健吾	1937 年
《开演之前》	严恭	1937 年
《三江好》	吕复	1938 年
《放下你的鞭子》	集体创作	1938 年
《火海中的孤军》	凌鹤	1938 年
《未婚夫妻》	陈白尘	1940 年
《等因奉此》	陈白尘	1940 年
《兄妹开荒》	王大化	1949 年
《把眼光放远一点》	胡丹沸	1949 年
《夫妻识字》	马可	1949 年
《红布条》	苏一平	1947 年
《牛永贵挂彩》	周而复	1944 年
《反"翻把"斗争》	李之华	1947 年
《喜相逢》	胡可	1947 年
《粮食》	洛丁	1949 年
《故乡》	宋之的	1948 年
《群猴》	宋之的	1948 年
《南下列车》	瞿白音	1949 年
《妇女代表》	孙芋	1953 年
《两兄弟》	胡小孩	1954 年
《姐妹俩》	蓝光	1954 年
《葡萄烂了》	王少燕	1954 年

续表

剧作	剧作者	创作时间
《黄花岭》	舒慧	1954 年
《照相那天》	东春 长青	1954 年
《两个心眼》	赵羽翔	1954 年
《刘莲英》	崔德志	1955 年
《海上渔歌》	周行	1955 年
《边塞之夜》	张之一	1955 年
《女技术员》	若萍	1955 年
《我们都是哨兵》	超克图纳仁	1955 年
《新局长到来之前》	何求	1955 年
《家务事》	陈桂珍	1956 年
《关不住》	赵羽翔	1956 年
《营房相会》	文林	1957 年
《两家亲》	李才年	1957 年
《矿工》	刘才	1957 年
《异路人》	温小钰	1957 年
《相亲记》	柯岩	1957 年
《两个新人》	方春	1957 年
《在候车室里》	华铨伦	1957 年
《岭上人家》	赵羽翔	1963 年
《向阳门第》	李未芒	1963 年
《红花》	木生	1963 年
《杨柳春风》	木生 齐特	1963 年
《柜台》	高思国	1963 年

续表

剧作	剧作者	创作时间
《母子会》	赵家骥	1964 年
《一分钱》	沙叶新	1965 年
《约会》	沙叶新	1978 年
《春分头一天》	赵羽翔	1978 年
《我为什么死了》	谢民	1979 年
《屋外有热流》	马中骏	1980 年

后　　记

本书是在我的博士学位论文的基础上略做修改而成的，毕业一年，今将付梓，主要得益于众人的帮助，感恩之心油然而生。

山西师范大学的四年学业生涯，赐予我一种别于寻常的成长可能。这是我人生中至关重要的四年：走入美妙的戏剧世界、建立起艺术理想，获得一些成果，此外，还结识了许多博识谦和的老师们和真诚率性的同学。四年里的点点滴滴都将沉淀下来，让我终生受用。

感谢导师张天曦教授，张老师以开阔的胸怀接纳了我。刚入师门，张老师就根据我的学士、硕士所学的专业，给我选定了论文的范围，指引了正确的研究方向。四年的教诲，深感张老师专业知识的渊博，治学态度的严谨，学术功底的深厚，工作作风的精益求精，为人品格的平易谦和，处世原则善良正直。在论文写作期间，从选题到收集资料，从开题到反复修改，每一步都得到张老师耐心指导和精心点拨，对于论文板块的构造、每个篇章中的问题以及具体例子的选择上，都给了我很多深入且实用的建议，使我能够顺利完成。最令人钦佩的是张老师的指导理念，他总是能高屋建瓴地给予精确的指引，每次交谈总能备受启发。张老师在交谈中以平等的姿态、以批评加鼓励的方式进行，充满了谈话的哲学，他不仅为学生的学术之路打算，同时又为我的人生之路做长远的考虑，这些恩德也不是在此的只言片语能言说得完。

读博期间，我有幸聆听了车文明老师、延保全老师、曹飞老师、亢西民老师、范春义老师、吕文丽老师、姚春敏老师等多位老师开设的精彩课程，诸位老师学问精博，成绩斐然，同时又虚怀若谷，老师们的境界令人心之往之。老师们精心传授的新知识、新理论和其中包含的研究方法、新研究成果都大大丰富了我们的专业储备并开拓了我们的学术视野，为我们能迈进专业研究的科学殿堂打下坚实基础，我在此向付出辛勤汗水的各位恩师深表谢意。

在上学期间，有幸与畅引婷老师结缘，畅老师多次给予小论文写作指导，惠我良多。还有幸结识文学院王美红老师，多次具体讨论毕业论文的写作，在具体问题上给予我指导。另外在论文开题报告会上，还得到了周华斌老师、麻国钧老师的指导，感谢两位老师提出的宝贵而中肯的意见。

在此我还要感谢我的同窗好友们，感谢师兄王璐伟，期间多次求教，给予我切实的指导；感谢同门师姐张颖、肖俏、李霞、刘二永，师兄妹刘洁琪、杨锐、卫婷绒，大家相知如故，见贤思齐，特别是几位师姐，在"叙事"上给予我颇多建议；感谢同届的赵丹荣、颜伟、景徐媛、吉俊虎、付钰、孙学虎、钱海鹏、李言实、薛婧、吕文丽、刘文华、赵文国、宫文华，大家互通有无，结下了纯真的同学情。

感谢大家让我走出了思想的沼泽，摆脱了困苦的境地，顺利地完成了本书的出版。感谢大家给予我莫大的帮助，对此深表感谢。

张　华

2020 年 4 月于太原